Sobre amor e estrelas

(e algumas lágrimas)

DANIEL BOVOLENTO,
PAM GONÇALVES
E SOLAINE CHIORO

Sobre amor e estrelas

(e algumas lágrimas)

ROCCO

Copyright © 2020 *by* Daniel Bovolento, Pam Gonçalves e Solaine Chioro
Design de capa: Renata Vidal
Imagens de capa: Rawpixel / Freepik (coração em textura de glitter); Annie Sauvage (contorno em coração de estrelas); ZiziMarket / Creative Market (signos); MixPixBox + Felix Mittermeier / pxhere + Opia Designs / Creative Market + Qilli / Creative Market (fundo estrelado)

Direitos desta edição reservados à
EDITORA ROCCO LTDA.
Rua Evaristo da Veiga, 65 – 11º andar
Passeio Corporate – Torre 1
20031-040 – Rio de Janeiro, RJ
Tel.: (21) 3525-2000 – Fax: (21) 3525-2001
rocco@rocco.com.br
www.rocco.com.br

Printed in Brazil/Impresso no Brasil

Preparação de originais
MARCELA DE OLIVEIRA RAMOS

CIP-Brasil. Catalogação na publicação.
Sindicato Nacional dos Editores de Livros, RJ.

B781s Bovolento, Daniel
Sobre amor e estrelas (e algumas lágrimas) / Daniel Bovolento, Pam Gonçalves, Solaine Chioro. – 1ª ed. – Rio de Janeiro: Rocco Jovens Leitores, 2020.

ISBN 978-65-5667-010-2
ISBN 978-65-5667-011-9 (e-book)

1. Ficção. 2. Literatura juvenil brasileira. I. Gonçalves, Pam. II. Chioro, Solaine. III. Título.

20-64747 CDD: 808.899283
CDU: 82-93(81)

Leandra Felix da Cruz Candido – Bibliotecária – CRB-7/6135
O texto deste livro obedece às normas do Acordo Ortográfico da Língua Portuguesa.

SUMÁRIO

A Era de Peixes
Daniel Bovolento
7

Tudo o que posso esconder
Pam Gonçalves
71

Efeito Zodíaco
Solaine Chioro
141

A Era de Peixes

Por Daniel Bovolento

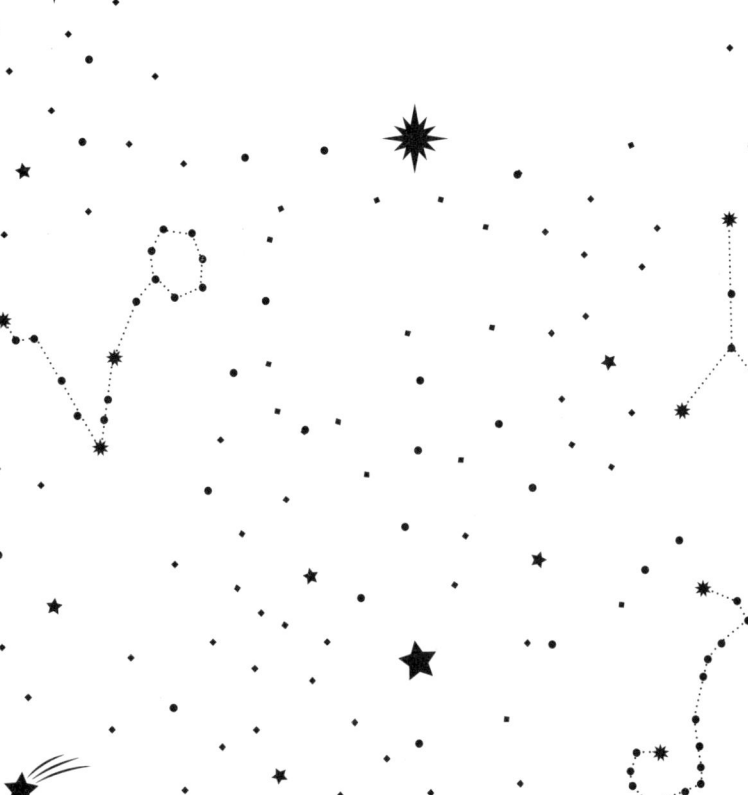

Previsões equivocadas

Eu não acreditava muito nessas coisas, mas tinha certeza de que estava vivendo o pior inferno astral da minha vida. O mais longo. O mais conturbado. O que me tirou tudo o que podia tirar. Esse inferno já durava mais de seis meses. E eu não fazia a menor ideia de quando iria passar.

Trinta graus de saudade

Foi numa quarta-feira de fevereiro. Não chovia no Rio de Janeiro. Não tava frio e, mesmo com o trânsito, dava pra atravessar Copacabana pela avenida Atlântica em menos de meia hora. Não tinha nada de errado. Foi num dia 15 ou 16, minha memória falha agora, mas não era um dia especial. Eu já estava acostumado ao trajeto Barra-Botafogo desde que o meu pai tinha saído de casa e alugado um flat perto da praia na Miami brasileira. Ainda era estranho ter que atravessar a cidade para encontrá-lo, mas ele parecia mais feliz assim. Minha mãe também. Foram dezenove anos de um relacionamento que acabou com um acordo bem-humorado e três garrafas de vinho tinto vazias na pia da cozinha. O fim deles foi bonito. Parecia o fim daquele filme da Sofia Coppola em que pai e filha finalmente se acertam e as coisas ficam brandas na vida deles. Foi um fim melhor que o meu.

O meu fim foi numa quarta-feira de fevereiro. Foi nesse dia que o João ligou e perguntou se eu não queria sair para comer alguma coisa depois da aula dele. Não sei por que ele me perguntava se eu estava com tempo livre, se eu passava o tempo todo em casa pensando no que queria pra minha vida. O terceirão já tinha acabado havia mais de um ano, os meus amigos já tinham passado no vestibular e estavam distribuídos pelo país em universidades legais com as carreiras que escolheram no ensino médio. Eu não.

Eu nunca soube pra onde queria ir. "O que você quer ser quando crescer?", perguntou a Tia Carminha. Ela me ouviu dizer que queria voar. Queria ser astronauta pra morar em Marte aos 8 anos de idade. Já pensei em ser artista plástico como mamãe, mas me falta talento. Já pensei em ser engenheiro como papai, mas nunca fui bom em exatas. Já pensei em muita coisa mesmo. A única coisa que me deixa feliz é imaginar a vida como se fosse uma grande história de cinema. Eu ia nos lugares e ficava imaginando o que as pessoas estariam conversando. Ficava horas na janela observando o movimento da rua pra escrever sobre pessoas que nunca conheci. Já matei muita aula pra ir ao cinema escondido. Quando a grana da mesada acabava, eu costumava me trancar em casa pra passar os finais de semana vendo filmes só pra mudar os finais de todos eles. Na maioria das vezes, eu só queria que os personagens tivessem um final feliz.

Eu e João não nos víamos fazia mais de duas semanas, o que era raro. Ele tinha viajado para a Chapada Diamantina com o pessoal da faculdade e ficou sem sinal. Quando voltou, as aulas já tinham começado, e ele precisou correr pra organizar as coisas do período novo. Até que a gente conseguiu se encontrar pra comer alguma coisa. Além dos meus pais, ele era a única pessoa que me tirava de casa, já que a minha melhor amiga tinha ido estudar Engenharia na USP, em São Paulo.

Conheci a Marcela no primeiro dia de aula quando mudei de escola. Foi graças a ela que consegui me enturmar rapidamente. Na segunda semana, já me chamaram pra uma festinha de aniversário. No meio do ano, éramos inseparáveis. Nossas mães se conheceram e viraram amigas, chegaram a achar que nós éramos namoradinhos. Hoje em dia, a gente morre de rir disso. Eu claramente nunca fui hétero, só eu e meus pais demoramos pra perceber. Foi a Ma que me deu cobertura quando fui dormir na casa do João e demos nosso primeiro beijo. Já fazia um ano desde que ela tinha se mudado. Crescer tem dessas coisas, né? A gente vai se acostumando a perder as pessoas por conta dos novos rumos da vida.

João chegou atrasado naquela quarta e me deu um beijo na testa. Qualquer pessoa que já tivesse visto algum filme do Woody Allen saberia que aquilo estava errado. O meu namorado, que andava sumido por semanas e mal me respondia, tinha me dado um beijo na testa. Só eu não vi o que estava prestes a acontecer. Com os olhos distantes num dia ordinário, ele me disse que a gente tinha acabado. Que a viagem tinha sido boa, mas serviu pra mostrar que ele precisava conhecer melhor o mundo. Que tinha gente nova na vida dele e que não estávamos na mesma página. "Nicolas, o problema sou eu, não você." É fácil dizer isso quando não é você que está sendo deixado. Tudo o que sentia era que eu era o problema. Nada tava dando certo no último ano, e ele ainda me pedia pra não achar que eu não era o problema? Por azar, eu tinha sido o primeiro namorado daquele garoto que queria seguir o baile. Mas eu não entendia isso na hora. Só entendi que ele tava me pedindo desculpas e me dando outro beijo na testa. Um beijo de despedida no pôr do sol da Urca.

Foi com ele que eu havia descoberto como era essa coisa estranha de gostar de meninos aos quinze anos. Foi com ele que eu havia descoberto que o meu melhor amigo era o cara que eu amava. Foi com ele que passei a entender melhor quem eu era e que aquilo não era errado. Que era só amor, assim como meu pai e minha mãe se amavam. Foi por ele que eu havia contado pros meus pais que era gay e enfrentado os olhares desconfiados dos dois até tudo ficar bem. Foi ele que eu havia apresentado pros meus pais depois de um pedido de namoro na porta do colégio.

Todas as minhas descobertas amorosas tinham sido com ele. Até a descoberta da dor.

Quando uma coisa ruim acontece, parece que atrai todas as outras. Tive que pegar um ônibus lotado pra casa e foi difícil segurar o choro no caminho. Se a Praia de Botafogo falasse, diria que um menino triste de óculos de grau havia passado por ela tentando entender como sobreviver ao fim do mundo. E foi só quando abri a porta do 445 que o choro caiu.

Desde então, eu tenho odiado as quartas-feiras.

Feliz Ano-Novo

Fazer aniversário me causa uma sensação estranha. Por um lado, eu gosto de pensar que a minha passagem por este mundo está sendo celebrada. Meus amigos deixam mensagens, postam fotos que eu nunca postaria, passam o dia lembrando como as nossas vidas foram interligadas em algum momento da história e desejam saúde, sucesso e coisas do tipo. Por outro lado, mais um ano de vida significa uma certa proximidade com a morte — e eu realmente não estava preparado para isso. É comum que eu fique instável e queira me isolar.

Fui uma criança estranha que preferia ficar dentro de casa vendo filmes e desenhos a ir brincar na quadra do prédio. Em qualquer oportunidade de sair de casa, eu aproveitava para ir ao cinema. Meus aniversários eram marcados pelo avanço da classificação etária. Fui feliz aos dez, aos doze, aos catorze, aos dezesseis, e nada mais poderia me segurar depois dos dezoito. Todas as salas de cinema estariam liberadas para mim. Era só escolher como gastar a minha mesada. Acho que vem daí o desânimo com o aniversário seguinte. O que vem depois dos dezoito anos?

Fazer dezenove não tem a menor graça. As datas significativas acabaram e só me restam as crises depois dos trinta. Minha tia diz que a crise dos trinta é ótima pra gente ligar a "chavinha do dane-se" e aprender a seguir a vida. Já os quarenta vêm para jogar na cara que a juventude acabou e a gente cresceu. Não sei se é verdade, mas essas datas estão longe demais pra eu me preocupar com isso por enquanto. Agora tenho que lidar com um coração partido antes dos vinte.

Sabe qual é o maior problema de terminar um namoro com alguém que fazia parte do seu círculo social? Vocês acabam dividindo a maioria dos amigos. A todo lugar que eu ia, perguntava pros amigos se havia chances de o João estar lá. Se alguém dissesse que já tinha visto ele ou o namorado num bar, praça, festa ou qualquer coisa que fosse, eu arrumava uma desculpa pra não ir. Preferi não arriscar esbarrar sem querer com ele durante minha comemoração e chamei minha mãe para jantar. Quando me levantei, encontrei um bilhete de parabéns dela com uma caixa do meu chocolate preferido na cozinha. Dona Ana tinha o costume de me mimar mais do que o normal nos meus aniversários. Combinamos que ela passaria em casa depois do trabalho pra me pegar e iríamos num japonês que eu sempre quis conhecer mas nunca tive como bancar sozinho. Se eu precisava mesmo passar por uma crise amorosa, que fosse muito bem alimentado.

O telefone vibra com uma mensagem da minha mãe: era pra eu descer em cinco minutos e esperar por ela na portaria. Já tinha me arrumado e só precisava me lembrar de pegar os óculos de leitura dela na cabeceira da cama. O elevador chegou ao térreo ao mesmo tempo em que o carro vermelho de mamãe encostava na frente do prédio. Quando abro a porta do carro, ela começa a cantar parabéns.

Minha mãe já tinha feito uma reserva no restaurante pra que a gente não corresse o risco de não conseguir lugar. Quando chegamos lá, o garçom nos leva até a mesa e entrega um cardápio pra cada um.

— O que tem de bom aí, filho? — pergunta ela, sem nem abrir o menu.

— Acho que vou pedir uns combinados do chef e uma garrafa de saquê, topa?

— Eu tô dirigindo! Se eu tomar um negócio desses, a gente vai precisar deixar o carro aqui e pegar um táxi pra casa.

— Ah, mãe, mas hoje pode!

— Até ontem você mal bebia, hein. Eu topo, mas vamos beber com parcimônia, viu? — Ela mesma sabe que isso não vai acontecer.

— Fechado!

Enquanto provamos do saquê, Dona Ana Lourdes se abre sobre a relação amigável com o meu pai, o cansaço que o trabalho administrativo tem gerado e sobre como ela não tem sido a pessoa criativa que queria estar sendo. A vida adulta é assim, segundo ela. Mamãe sempre foi a melhor pessoa para conversar sobre tudo. Só temos algumas ressalvas com assuntos mais íntimos do meu relacionamento com João e de qualquer outro relacionamento dela. Outro dia, eu a tinha visto chegar acompanhada tarde da noite, mas não quis me meter nem falar disso depois. Deixei que ela achasse que eu estava dormindo e que não tinha visto nada. Ela também merece um pouco de diversão e privacidade.

— Nic, não ache que é por conta da bebida, mas eu fiquei muito feliz quando você me disse que queria comemorar esse dia comigo. Eu tava tão preocupada, meu filho! Até marquei pra você aquela psicóloga que seu pai indicou. Não é normal um menino de 19 anos ficar tão abalado com um namoro. Na sua idade, eu chorava num final de semana e na segunda já tava com outro. Não existe tempo pra ser infeliz quando a gente é novo, Nic. Deixa pra pesar a vida quando as coisas forem mais sérias.

— Mãe, eu sei que você tá falando isso de coração, mas não menospreza o que eu tô sentindo, por favor. Eu não entendi o que aconteceu, mas parece que o João era a única coisa que tava dando certo no meio dessas mudanças todas. Os meus amigos mais próximos foram cada um pra um lado, você e papai se separaram, eu não sei o que quero fazer no vestibular…

— Nic, falando nisso, você sabe que não tem que entrar numa faculdade agora, né? Eu e seu pai trabalhamos a vida inteira pra você ter o privilégio de não precisar trabalhar nessa idade. Um ou dois anos não vão te matar se você quiser pensar melhor, fazer cursinho…

— Não é isso, mãe. É que eu tenho medo de seguir o coração e acabar sem emprego ou qualquer coisa desse tipo. Cinema é um negócio que me atrai desde pequeno, mas quem estuda cinema no Brasil? É só olhar pro jeito como tratam a cultura por aqui. Também não sei se eu faria alguma coisa extraordinária além das comédias românticas que eu gosto. Eu não sou nenhum Godard. Tenho até uns rascunhos, umas cenas e diálogos que fui inventando pra um projeto aí, mas nada muito promissor.

— Mas você não precisa ser um gênio pra acreditar no seu potencial. Seu pai e eu sempre elogiamos tudo o que você produziu na escola, suas professoras amavam. A Marcela mesmo vivia comentando como você tinha talento pra criar cenas emocionantes. Falando nisso, você e Marcela têm se falado?

— Todo dia, mãe. A Ma tá mais presente aqui do que muito amigo meu que ainda mora no Rio.

— A amizade de vocês é muito bonita. Não deixa isso acabar por conta de distância.

— Claro que não, mãe! Inclusive eu tava querendo ir visitar a Ma em breve. Mas fica difícil juntar só a grana da mesada...

— Tá jogando a isca pra ver se eu mordo, né?

— Óbvio, né! É que a Marcela me dá um norte, sabe? Eu consigo pensar melhor e ficar mais otimista quando ela tá por perto. Semana passada, ela me mandou um curso de roteiro numa escola gringa que eu curti muito. Vários roteiristas famosos estudaram lá.

— Hoje você tá cheio de isca. Mas conta mais... que escola gringa é essa?

— É uma academia de cinema em Nova York. Mas é muito cara. Ficaria muito pesado pra você e pro papai pagarem. Além disso, o processo pra estrangeiros é bem rigoroso e eu não tenho nenhum portfólio ou curso na área. E nem sei se eu quero isso mesmo. Só vi e achei bacana. Acho que é algo que eu curtiria muito fazer no futuro.

— Nic, como você não tem material? E aqueles cadernos cheios de trabalhos, tuas anotações, as coisas que você fez nas feiras da escola? Filho, arte é isso. É se expressar. Você não precisa ter feito um filme do Almodóvar ou do Tarantino pra ser artista. Quem sabe isso não é um caminho pra você? A maioria das escolas têm programa de bolsas. Se você conseguisse uma bolsa, eu e seu pai poderíamos bancar você até a sua formação por lá e depois você se vira...

— Tá falando sério, mãe?

— Ué, Nicolas. Claro que eu tô! Mas você vai precisar correr atrás disso se quiser tentar mesmo. Às vezes, a gente precisa confiar no que tá sentindo, meu filho.

Minha mãe tinha acabado de me dar uma luz sobre o que eu poderia fazer pra arrumar algum rumo na vida. Quando a Marcela tinha me falado sobre o curso, as aulas, as pessoas que já haviam passado por lá e o programa de formação, achei que seria mesmo incrível, mas distante da minha realidade. Nunca tinha pensado em me mudar pra outro país e aprender a fazer os filmes a que eu sempre amei assistir. Batia um medo de fracassar e jogar o dinheiro dos meus pais no lixo. Mas uma chance dessas não bate duas vezes na mesma porta.

— Mãe, eu topo! Vou olhar amanhã mesmo a lista de documentos necessários e o cronograma de aplicações. Acho que pode ser um caminho legal pra mim. Só não sei se tenho talento pra isso.

— Bobagem, Nic. Talento você só consegue com muita prática. Ou você acha que um dia eu acordei e resolvi ser artista? Meu filho, sua avó lavava roupa pra fora e tinha que alimentar três filhos. Eu só podia pensar em estudar pra dar uma vida melhor pra minha família. A vida é que foi me colocando nesse caminho. Você tem que se descobrir. Vai fundo!

— Valeu, mãe! Acho que até o mau humor passou depois disso.

— Não foi depois disso, não. Foi porque a gente já acabou com a garrafa, olha só. Pede logo a conta e vamos embora antes que a gente se anime e peça mais uma pra brindar essa luz que apareceu na tua vida, Nicolas!

* * *

Dona Ana Lourdes dormiu feito um anjo por conta do saquê. Já era tarde e eu estava caindo de sono, mas precisava mandar uma mensagem contando pra Marcela que minha mãe tinha me dado o melhor presente de aniversário dos últimos anos.

Check-In

Depois do meu aniversário foi só correria. Passei as semanas seguintes recolhendo informações sobre a New York Theatre Academy pra tentar convencer meu pai de que o investimento valeria a pena. Seu Pedro nunca tinha ido muito com a cara do João, mas eu achava que era algum sentimento mal resolvido ainda por eu estar namorando um menino. Meu pai é o homem de exatas mais intuitivo que eu conheço. Era ele quem acendia os incensos lá em casa e que me mandava sair com guarda-chuva. Também é ele que gosta de falar sobre constelações e mapa astral no jantar, herança de Vó Nana, que sempre foi loucamente apaixonada por astrologia. Pro azar dela, eu e mamãe nunca desenvolvemos um grande interesse por mapas astrais e períodos conturbados influenciados por astros. Quer dizer, eu até curto, mas nunca fui de acreditar muito. Só sabia o básico do meu mapa, o signo dos meus pais e que peixes era o signo que eu deveria evitar por conta do ex. Papai faz questão de dizer que eu sou "muito libriano". Ele também já mencionou uma tal de cúspide e disse que ter nascido na transição do sol entre os signos faz de mim uma pessoa especial. Nunca dei muitos ouvidos a isso, mas confesso que utilizava um elemento ou outro quando escrevia alguma coisa.

Convencido, papai topou dividir os custos do intercâmbio, caso eu passasse. Fiz as aplicações ainda dentro do prazo do fim do ano e teria que esperar as seletivas começarem em janeiro. Tive que enviar um argumento de roteiro em inglês pra que eles avaliassem meu poder criativo. Passei uma semana com dor de barriga até apertar o *enter* e parar de sofrer com a história que escolhi. Depois da primeira triagem, começariam as entrevistas on-line e eu teria que ir a São Paulo para uma apresentação especial com representantes da escola no Brasil. O que seria uma ótima desculpa para passar alguns dias com Marcela e conhecer melhor a cidade. Eu só tinha ido uma vez pra lá com meus pais para o casamento de um primo. Lembro de ver as luzes da avenida Paulista de dentro do carro e me encantar com aqueles prédios altos e imponentes. Me sentia minúsculo lá.

João já não era mais um grande problema. Até esbarrei com ele e o namorado uma vez e não me senti estranho ou insuportavelmente incomodado. Eu só não conseguia mais engatar em relacionamentos. Estava com um bloqueio que me fazia desistir de alguém logo depois do primeiro ou segundo encontro. Isso me deixava frustrado. Parece que eu tinha que consertar alguma coisa quebrada dentro de mim, mas não sabia o que era. Eu tinha seguido em frente, mas não tava pronto ainda, sabe? Perder o primeiro amor pode ser um baita fim de mundo. E eu ainda precisava aprender a sobreviver a isso.

No fim de janeiro, eu estava saindo da praia do Leme, quando uma notificação fez meu bolso tremer. Não olhei na hora, só corri pra pegar o ônibus porque queria chegar logo em casa.

A viagem duraria uns quinze minutos, mas consegui um lugar pra me sentar, então resolvi olhar o celular. Era um e-mail. Um e-mail da NYTA. Guardei o celular de novo no bolso. E se eu não tivesse sido aprovado? E se não tivessem achado meu currículo interessante? Ou se tivessem concluído que eu não sabia escrever ou não tinha profundidade suficiente para frequentar o curso? E se a história fosse boba ou inconsistente ou qualquer coisa genial o bastante para que eles me considerassem um gênio do cinema aos dezenove anos? Eu só queria muito aprender a exercitar a minha paixão e criar coisas legais. E se desse certo? Eu teria que lidar com uma decisão consciente nas mãos e a probabilidade de um futuro profissional incerto.

Desci correndo do ônibus e mal cumprimentei o porteiro quando entrei no meu prédio. Ele deve ter achado que eu tava num dia ruim ou que tinha chegado com dor de barriga. Entrei em casa decidido a arriscar tudo na sorte: eu só abriria o e-mail se minha mãe não estivesse em casa. Se ela já tivesse chegado, era um sinal do destino para deixar quieto e fazer outra coisa. Eu poderia usar tranquilamente o celular e evitar a caixa de entrada por alguns dias como se nada tivesse acontecido até tomar coragem. Chamei por mamãe. Nenhum sinal dela na cozinha ou no quarto. Maldito destino!

Sem nenhuma opção a não ser aceitar a falta de sorte, abri o e-mail.

"Caro Sr. Pilar,
  Estamos felizes em comunicar que recebemos sua aplicação e seu argumento de roteiro para o curso. Nosso time docente avaliou seu currículo, sua carta de apresentação e o nível criativo da sua história. Sua participação nas entrevistas

on-line também foi avaliada e levada em consideração até aqui. Temos o prazer de convidá-lo a participar da entrevista seletiva que acontecerá na cidade de São Paulo no próximo mês. Enviaremos sua agenda assim que recebermos a confirmação do seu aceite para a próxima etapa.
Saudações,
Philipp Horksch
New York Theatre Academy — Departamento de Admissões Internacionais"

Eu fui aceito. Eu fui aceito!
Esse momento é meu!
Preciso contar pra Marcela.

Nicolas
Gata, você não vai acreditaaaaaaaar!

Marcela
O que foi, garoto? Conta logo que eu não aguento suspense, aaaaaah!

Nicolas
Eu passei na primeira fase! Eu tô indo pra São Paulo em duas semanas pras entrevistas. TALVEZ ROLE DE EU IR PROS EUA! Me abriga e vamos nos amar, por favor???

Marcela
EU SABIIIIIIIA! Você é incrível, meu amor! Só precisa acreditar um pouquinho mais em si mesmo. Vem

que a gente vai arrasar aqui. Minhas aulas ainda não começaram e só tenho estágio de tarde. VEEEEM! Já contou pra Tia Ana?

Nicolas
Ainda não! Acabei de saber e você foi a primeira. Vou contar pros meus pais daqui a pouco. Tô muito feliz! Me espera que eu já chego por aí! Te amo muito! <3

Marcela
Conta SEMPRE comigo! <3

De repente, foi como se a minha maré de azar tivesse virado. A sensação de estar vivendo um inferno astral contínuo não parecia mais tão forte. Era como se o último ano não importasse tanto mais. Eu estava escrevendo um novo roteiro com a possibilidade de um final feliz.

* * *

Separei tudo o que precisava para a viagem. Uma pilha de camisetas pretas básicas, três calças jeans, cinco bermudas e regatas. Precisei de outra mala para colocar os itens de higiene pessoal, alguns livros, casacos, jaquetas e opções de roupa para ir a festas ou a um daqueles restaurantes mais arrojados de que a Marcela gostava. Olhando aquele exagero, minha mãe até perguntou se eu já estava de mudança. Meu caderno com todas as anotações dos últimos três anos e ideias de projetos também não foi esquecido. Eu precisava dele pra transcrever e desenvolver alguns minirroteiros antes das entrevistas.

Meus pais ficaram mais felizes do que eu esperava com a aprovação na primeira etapa do processo e tinham liberado uma grana pra eu passar três semanas em São Paulo. É óbvio que eles não sabiam que eu poderia ficar menos tempo por lá e que tinha aproveitado a seleção como desculpa pra curtir alguns dias a mais com a Ma na cidade. Também não fiz muita questão de dizer isso a eles. Depois, eu voltaria pro Rio e a Marcela retomaria a rotina complicada de aulas, estágio e vida social badalada com os novos amigos. Será que eles vão gostar de mim? Ela já tinha contado um pouco sobre o pessoal com quem andava por lá, mas eu não tinha certeza de como eles eram, pra que tipo de lugares gostavam de ir nem como rolavam as famosas noites de vinho na casa deles. Sempre achei que só pessoas com mais de trinta anos se reuniam na casa dos amigos para tomar vinho. Eu nem sei tomar vinho direito. Gosto dos baratos e doces, entendo nada de uvas e acho que não refinei meus gostos alcoólicos a ponto de trocar a dose dupla de tequila da Lapa por outra coisa. Mas me sinto pronto, *baby*!

Saí de casa com duas horas de antecedência pra não perder o voo, o que é bem raro pra mim. Eu sou a pessoa que chega atrasada e coloca a culpa no trânsito ou no ônibus que demorou pra passar. Todo mundo reclama disso, mas ser atrasado é uma característica marcante demais para eu abrir mão a essa altura do campeonato. E a cara de pau também. O Santos Dumont fica perto de Botafogo, então não tive problemas para chegar. Marcela me buscaria em Congonhas antes do estágio. A menina com quem ela divide o apê parecia ser bem tranquila e não ligaria de me receber por alguns dias.

O embarque foi tranquilo, e o avião saiu na hora. Cinquenta minutos no ar e um frio na barriga enorme por não saber lidar com o que estava por vir. Pesquisei na internet sobre as perguntas que costumam fazer nessa fase e revisei mil vezes o que deveria dizer. A entrevista seria em dezoito dias e eu ainda precisava encontrar a ideia perfeita para apresentação. O problema era a sensação de que eu não tinha nada de interessante para contar.

Todas as pessoas pareciam apressadas e se levantaram correndo para sair do avião. Fico esperando todo mundo sair enquanto curto uma música no fone e vejo as notificações que chegam depois de um tempo no modo avião. Minhas malas estavam na esteira de bagagem e me perguntei se ia passar perrengue tendo que carregar duas malas e uma mochila pelo aeroporto. Talvez eu tivesse exagerado um pouco, mas é sempre melhor me precaver do que não ter o que preciso. Marcela tinha me convencido a não pensar nessa viagem só como um processo seletivo, mas como umas férias para curtir e relaxar um pouco com ela.

As esteiras estavam entupidas de malas, caixas e pessoas se digladiando pra pegar suas coisas. Meu celular vibrou com mensagens da Marcela falando pra eu não demorar muito porque ela não podia se atrasar pro estágio. Segundo o painel, a bagagem do meu voo estava dividindo a esteira cinco com um voo de Curitiba. E a esteira cinco também estava lotada de gente. Com sorte, vi uma das minhas malas de longe e entrei no meio daquela gente toda pra resgatá-la. Acho que me esqueci de colocar a *tag* de viagem com meu nome, mas dava pra identificar a mala preta com alguns arranhões e cadeado embutido. A outra bagagem era um pouco menos discreta: amarela e gigante com uma *tag* rosa neon. Passei a mão nela e corri pra saída.

Marcela estava com uma plaquinha com meu nome nas mãos. Ela sabia que eu odiava qualquer tipo de atenção em público e tinha feito isso só pra implicar.

— Senhor Nicolas! Senhor Nicolas! — gritou ela quando cheguei perto.

— Garota, você é maluca! Que saudades que eu tava! — Dei em Marcela um abraço forte e um beijo no rosto.

— Que saudades que eu tava do meu bebê gigante! Mas deixa pra gente se amar no caminho porque meu chefe vai me matar se eu chegar atrasada hoje.

— Gigante nada. Eu não tenho culpa de você ter um metro e meio — falei, rindo enquanto arrastava uma mala em cada mão em direção à rampa de saída do aeroporto.

— Você tem um metro e oitenta, Nic. Isso é maior que a média brasileira. Então eu posso te considerar gigante, sim. Mas vamos logo! Me dá uma mala que a gente anda mais rápido. — Ela tomou a mala preta das minhas mãos.

— Tá bom, tá bom! Pra onde a gente vai? Tô com fome.

— E quando você não tá? Vou te deixar em casa e a gente come algo rapidinho antes de eu sair, beleza?!

Guardamos as malas e entramos correndo num carro que já estava parado no outro lado da rua. O motorista reclamou da demora, e Marcela inventou alguma coisa sobre ter tido problemas com a mala. Ela era uma mentirosa muito boa. Ninguém desconfiava quando contava uma ou outra coisa para se safar de uma situação constrangedora. Dentro do carro, conseguimos dar um abraço decente e começar a colocar o papo em dia. As luzes de São Paulo já brilhavam e a breve lembrança que eu tinha da cidade me mostrava que eu não conhecia nada dali. Era uma aventura nova que poderia ser o meu passe só de ida para um novo país. Mas não era hora de pensar nisso, e sim de curtir a companhia da minha melhor amiga.

Bagagem extraviada

Marcela voltou do estágio trazendo yakisoba pra gente comer. Passou a noite falando sobre todos os detalhes da vida amorosa dela. Chegamos à conclusão de que ela seria uma ótima quinta personagem para *Sex and the City* se o seriado ainda existisse. Os últimos dois rolos tinham acabado porque "ela não tinha tempo" e porque "parecia não saber o que queria", conforme reclamaram, respectivamente, um garoto da PUC e uma menina da ESPM. Pra falar a verdade, eu acho que era apenas falta de vontade. A Ma nunca foi de se envolver muito e sempre priorizou a vida profissional e a liberdade. Meu pai diria que ela é uma típica aquariana. Não discordo.

Depois do jantar, Ma arrumou um colchão no quarto pra que eu tivesse privacidade e não ocupasse a sala que ela dividia com Carol. Avisei aos meus pais que tinha chegado bem, já estava instalado e só precisava arrumar as coisas. Tinha uma gaveta separada pra guardar minhas roupas naquelas três semanas. Comecei pela grande mala amarela e, quando fui mexer na outra mala, percebi que tinha algo de errado. A mala preta parecia menos arranhada do que deveria estar e tinha um adesivo pequeno rasgado na parte de trás. Meu coração acelerou um pouco até que tentei abrir o cadeado e a senha não funcionou. Olhei com mais cuidado pro adesivo e parecia que alguém tinha tentado arrancá-lo dali às pressas, deixando apenas vestígios do que deveria ser um número de série daqueles que colocam em malas nos embarques de rodoviária. Gelei.

Aquela não era a minha mala.

Eu tinha pegado a mala de alguém por engano.

E as minhas anotações e documentos da entrevista estavam todos na minha.

— Marcela, eu tô ferrado! Peguei a mala errada. Ferrou! O que que eu faço agora? — gritei pra Marcela, que estava terminando de escovar os dentes no banheiro do quarto.

— Você tá de sacanagem comigo, né? Mano, como você pode ser tão descuidado assim? Liga pra companhia aérea e vê se algum passageiro deixou a sua mala lá ou reclamou de bagagem extraviada!

Liguei pra companhia e um atendente me deixou esperando um tempo. Eu não paro de mexer as pernas quando estou nervoso. Não tinha aquelas anotações em nenhum outro lugar. Falhei totalmente como Geração Z. Até guardava algumas coisas na nuvem, mas só os trabalhos do colégio e outros escritos menos pessoais. Morria de medo de dar bug ou ser hackeado e perder meus trabalhos. O atendente me retornou dizendo que não tinham recebido reclamações de mala extraviada do meu voo. Ao que tudo indicava, eu tinha mesmo perdido minha mala com tudo dentro.

É. Eu me ferrei.

E não tinha absolutamente nada que eu pudesse fazer em relação a isso a não ser sentar e chorar. De repente, meu celular vibra.

Número desconhecido
Oi, Nicolas?

O contato não tinha foto e o número era de São Paulo. Eu não fazia ideia de quem poderia ser e nem tinha cabeça pra responder na hora. Até pensei em ligar pra minha mãe, mas só bloqueei a tela. Marcela disse que não adiantava nada me preocupar àquela hora da noite. Melhor que eu fosse dormir, porque já tava tarde.

Quando acordei, Marcela não estava mais em casa. Ela já tinha avisado que precisava resolver algumas coisas e voltava pra me levar pra almoçar. Desbloqueei o celular e olhei as notificações. Uma mensagem da mamãe desejando bom-dia, Marcela perguntando se eu tava mais tranquilo e me enviando os números do aeroporto pra tentar contato e outra mensagem do número desconhecido.

Número desconhecido
Nicolas???
Oi, meu nome é Gabriel. Acho que eu peguei sua mala por engano em Congonhas ontem. Tô te enviando uma mensagem pra saber se, por acaso, você tá com a minha. É idêntica à sua e tem um adesivo rasgado na parte de trás. Meu voo chegou de Curitiba ontem à noite...

Tenho certeza de que gastei toda a minha sorte naquele momento. Quais eram as chances de um desconhecido ter achado a minha mala? Calma, como ele tinha o meu número e sabia meu nome? Talvez fosse um golpe pra me extorquir pelo resgate da mala. Que estranho. Eu não sabia se deveria responder. Pensei por um tempo e respondi.

Nicolas
Oi, tudo certo? Eu acho que confundi as malas e peguei a sua!
Mas como você sabe meu nome e arrumou meu telefone? Tua mensagem chegou logo depois que eu reclamei na companhia aérea... Alguém te passou?

Gabriel
Então... Eu meio que arrombei a sua mala. Achei que eu só tinha esquecido o código do cadeado. Quando abri, vi que não eram as minhas coisas. E tem um caderno preto aqui com nome e telefone em caso de perda. Juro que não roubei nada! :)

Gabriel enviou uma imagem.

Era a minha mala aberta com o caderno preto em cima. Ele mexeu nas minhas coisas. Um desconhecido não só pegou a minha mala como também abriu e revirou as minhas coisas. Não tinha nada de comprometedor ali, só algumas cuecas e meias, meus documentos numa pasta, uns livros e o caderno de anotações que eu não podia perder de jeito nenhum.

Nicolas
Cara, tudo bem... é minha mala mesmo. Acho que essa aqui deve ser a sua, mas eu não abri quando percebi que não era a minha, rs.

Nicolas enviou uma imagem.

Gabriel
Ela mesma! Teu DDD é do Rio, mas você tá em São Paulo, né? Eu moro aqui e tava voltando de Curitiba. Preciso de umas roupas que estão aí e do meu carregador urgentemente. Tô usando um emprestado no trabalho. Posso passar aí mais tarde pra gente trocar as malas?

E se ele fosse um serial killer que roubava malas em aeroportos pra atrair as vítimas? E se ele tivesse esperando uma resposta minha pra chegar com uma gangue e assaltar a casa da Marcela? Por outro lado, eu precisava da mala o mais rápido possível. Meu plano era passar o dia revisando as anotações e desenvolvendo algumas ideias. Teria que dar um jeito de encontrar o cara. Podia não conhecer a cidade, mas não rolava marcar no apartamento. Onde então?

Nicolas
Ma, um cara achou minha mala no aeroporto! Longa história. Vou te mandar um áudio explicando.

Nicolas enviou um áudio.

Marcela
Mano do céu!!! Baby, eu iria pra um lugar aberto se fosse você. Quer que eu vá contigo mais tarde?

Nicolas
Não, tá tranquilo. Você tem cinema com umas amigas, né? Só me diz onde eu posso marcar com ele.

Marcela
Depende. Se ele for gatinho, conheço um bar ótimo! HAHAHAHAH
Tô zoando (ou não). Tem um café perto de casa que tá sempre cheio. Vou te mandar a localização. É bom pra comer também se você quiser ficar por lá depois.

Eu não sei como a Marcela ainda consegue pensar em macho numa hora dessas. Não sabia nem como o garoto era. Aliás, nem foto no contato ele tinha. Percebi quando voltei à aba dele pra responder a mensagem.

Nicolas
Opa, Gabriel. Tenho uma ideia melhor. Em vez de você vir aqui, rola de a gente se encontrar no Café Paulista mais tarde? Fica aqui na Bela Vista.

Gabriel
Ah, tudo bem. Se você tá achando que eu vou te sequestrar ou pedir algum tipo de resgate pela mala, pode ficar tranquilo, hahaha. Eu só quero mesmo desfazer essa confusão.

Nicolas
Não, que isso! É que tô hospedado na casa de uma amiga e não me sinto confortável em receber alguém aqui.

Gabriel
Entendi... Pode ser umas 20h? Eu saio do trabalho e pego o metrô até lá. Vou salvar teu contato aqui.

Eis que o contato sem rosto do tal de Gabriel virou uma foto sorridente na praia. Óculos escuros, barba falhada, cabelo cacheado caindo na testa e peito à mostra. Um cara bonito, se não for fake. E eu precisava ir logo pra uma festa dar uns beijos porque já tava flertando na minha imaginação com uma pessoa que nem conhecia. Ou talvez só tivesse achando o cara bonito mesmo. Enfim, foco, Nicolas. Foco!

Nicolas
Combinado! Me avisa perto da hora se tá tudo ok. Vou levar tua mala. Até mais.

Gabriel
Até! ;)

Abri a conversa com a Marcela e encaminhei a foto do Gabriel. Ela surtou dizendo que o menino é gatinho e que talvez eu tivesse dado a sorte de cair num daqueles clichês de comédia romântica que a gente adorava. Quais as chances? Ele era mesmo bonito e parecia simpático. Mas só isso. Eu não sabia nada sobre ele, a não ser que tinha sido abusado (ou inteligente) o suficiente pra abrir minha mala e isso tinha salvado nossa pele. Cogitei abrir a mala dele também, mas já tinha enviado uma foto mostrando que o cadeado estava intacto. Independente disso, eu já tinha meu primeiro compromisso extraoficial marcado na cidade: encontrar com o misterioso Gabriel.

Café Paulista

Aproveitei a tarde pra visitar o MASP. Era definitivamente um dos museus mais bonitos que eu já tinha visto. Engraçado que eu mal tirava um tempo pra ir a museus no Rio. Tava acostumado com a rotina de ficar em casa, pegar uma praia, ir ao cinema e nas mostras do CCBB, gastar a minha mesada em uma ou outra festa e ir pra casa dos meus amigos jogar alguma coisa. São Paulo tinha uma atmosfera culturalmente mais viva pra mim — ou fosse só a falta de praia. Vez ou outra eu abria o celular pra ver de novo a foto do garoto que eu ia encontrar mais tarde. Já tinha sido zoado pela Marcela de todos os jeitos possíveis por causa da minha sorte de ter trocado de mala com um cara gato. Ela tinha me mandado escrever um curta sobre isso, inclusive.

Voltei pra casa pra buscar a mala. Perto da hora de sair, Gabriel confirmou que estava tudo certo e me pediu pra não esquecer da mala dele. Engraçadinho o rapaz. Ele estaria com uma camisa social azul e calça cáqui. Eu estava com uma das trinta camisetas pretas básicas que tinha levado, uma calça jeans clara e uma jaqueta leve. A temperatura tinha caído no fim da tarde e preferi não me arriscar. Por ser perto, decidi ir andando e arrastei a mala de Gabriel por alguns quarteirões. Compartilhei a localização em tempo real com Marcela por segurança.

Cheguei e procurei por alguém de roupa social com uma mala preta. Vi um cara acenando na última mesa ao fundo. Achei que fosse ele, mas ainda não dava pra identificar o rapaz da foto. Quando me aproximei, vi que era ainda mais bonito pessoalmente sem os óculos escuros. Nos cumprimentamos.

— Foi difícil de chegar aqui? — perguntou ele.

— Não, minha amiga mora aqui perto. Eu que saí atrasado mesmo. — Ele não sabia que eu sempre chegava atrasado em qualquer lugar.

— Ah, tranquilo. Fechei sua mala de volta, tá? Só quebrei mesmo o segredo dela. Acho que você vai ter que mandar arrumar ou, se preferir, a gente troca as coisas de mala e você fica com a minha — disse ele, sorrindo.

— Não, relaxa! Não precisa. Sei que não foi por mal. E se você não tivesse aberto, não teria conseguido meu número. Eu já tava pirando por causa disso. Precisava urgente do caderno preto aí dentro.

— Aquele cheio de diálogos, né? Você escreve muito bem.

Ele não tinha só aberto a minha mala. Também tinha lido o caderno. Eu estava começando a ficar irritado com aquele cara.

— Peraí, você leu meu caderno? Que abusado!

— Ah, me desculpa! Eu tive que abrir pra ver se tinha algum nome ou contato e acabei folheando uma página... ou todas — confessa ele, nervoso.

— Então você leu tudo? Como assim?

— Calma, fica tranquilo. Você escreve muito bem mesmo. Não roubei nenhuma informação. Você estuda ou trabalha com isso?

— Com o quê?

— Com cinema ou teatro, sei lá. Alguma coisa dessas?

— Não. Quer dizer, ainda não. Tô tentando passar pra um curso de roteiro. Por isso precisava do caderno.

— Ah, que legal! Aqui em São Paulo mesmo? Você não é daqui, não é? O DDD e o sotaque te entregam.

Gabriel estava tentando puxar assunto ao perguntar o que já sabia ou era impressão minha? Surpreendentemente, eu não tinha problema nenhum em continuar o papo. Mas não gostei do que ele tinha feito.

— Pô, eu sou do Rio. Cheguei ontem. Acho que o meu voo dividiu esteira de bagagem com o seu. Lembro de ter visto alguma coisa assim. Tipo, tô tentando um processo seletivo pra estudar numa escola de cinema americana. A entrevista é daqui a alguns dias...

— Olha só! Temos um artista por aqui. Eu adoro esse tipo de assunto. E as coisas que li foram bem legais mesmo. Certeza que você vai passar! — disse ele, sorrindo.

— Ah... valeu. E tu mora aqui perto? — Falei a primeira coisa que pensei depois de ser pego de surpresa pelo elogio.

Ele me deixa nervoso. Foi a primeira vez que reparei na boca dele. Era bem desenhada, apesar de pequena. Ele entortava um pouco o lado direito quando falava rápido ou sorria.

— Mais ou menos. Eu moro com os meus pais em Perdizes, mas acho que você não conhece nada aqui, né... Aproveitei que tinha uma folga do estágio ontem e fui passar o final de semana com a minha avó em Curitiba.

— Você faz estágio de quê?

— Eu estudo Direito e tô estagiando num escritório há uns meses. Tô entrando no segundo ano da faculdade agora e dei uma baita sorte de conseguir logo alguma coisa pra juntar uma graninha.

— Saquei. Então estou falando com um futuro advogado?

— Juiz, se tudo der certo. Ou promotor. Ainda não me decidi.

— Cara, o máximo que eu sei sobre tribunais é o que aprendi com *How to Get Away with Murder* e *Law & Order*. Mas já me considero apto a defender alguém!

A piada cai bem, e ambos rimos. Ele perguntou se eu queria ficar pra um café e não vi por que dizer não. Passada a tensão inicial, o papo tava fluindo de um jeito bacana. Ele era realmente bonito; um pouco mais baixo que eu, porém mais corpulento. Dava pra ver que fazia algum esporte. Pedimos um café e algo pra comer. Ele contou um pouco sobre si, sobre morar com os pais, sobre a rotina de faculdade e estágio e as coisas que gostava de fazer. Também falei sobre a minha rotina casa-cinema-praia-televisão, que não era nem um pouco empolgante. Ele parecia prestar atenção a tudo como se fosse a coisa mais interessante do mundo. Notei que tinha uma pequena tatuagem no pulso direito e perguntei o que era. O símbolo do signo de peixes.

— Então o senhor é pisciano? — comentei, desconfiado.

Tão bonitinho, mas já estampava um grande CUIDADO na testa por conta do signo. Meu pai insistia na ideia de que não dá pra julgar alguém só pelo signo solar. Eu discordava.

— Sol em peixes, ascendente em peixes e lua em peixes, acredita? Você curte astrologia também? — perguntou ele, animado.

— Ou seja, você é o próprio signo de peixes. Deus me livre! Digamos que eu saiba uma coisa ou outra sobre isso. Uma delas é que o teu signo é complicado.

— Que isso! É o melhor signo do zodíaco. Que preconceito é esse, meu jovem? Tenho certeza de que você é ariano ou capricorniano por isso!

— Errou feio, errou rude. Eu sou libriano. O signo mais sociável e legal do zodíaco.

— Ah, tá explicado o porquê de você ter demorado tanto pra escolher entre café coado ou prensa francesa, ha-ha!

— Para! Se eu falasse que sou de outro signo, você daria um jeito de combinar com qualquer outra coisa que falei. Conheço bem o tipo.

— Conhece, é? Piscianos?

— Não, loucos da astrologia. Meu pai é apaixonado e sabe tudo. Todo mês recebo um e-mail dele com os destaques das influências astrais sobre o meu mapa. Ele é melhor que qualquer site que você já viu!

— Eu preciso conhecer o seu pai!

— Olha você querendo consulta gratuita...

Gabriel parecia um amigo numa mesa de café. Eu me sentia confortável com ele, o que não acontecia com nenhum outro garoto fazia muito tempo. Ele parecia ser um cara legal e falava com carinho da família e da faculdade. Contou algumas histórias sobre os amigos, o fim de ano, a avó de Curitiba e os eventos que nos levaram até ali. Falou algo sobre um ex. Mas não sei se ouvi certo. Quando dei por mim, já era quase meia-noite. Marcela já tinha mandado cinco mensagens perguntando se eu estava vivo ou tinha ido parar na cama do garoto. Eu realmente precisava ir embora.

— O papo tá muito bom, mas eu preciso ir. A gente tá aqui conversando há mó tempão, quase nem vi a hora passar. Minha amiga já tá preocupada achando que você me matou e escondeu o corpo. — Dei risada e comecei o ritual de despedida, apesar de não querer ir.

— Avisa pra ela que eu só te sequestrei por algumas horas. Mas você tá inteirinho! Eu também preciso ir. Amanhã quero voltar pra natação e preciso acordar cedo para isso.

— Obrigado pela mala. De verdade. Já até esqueci que você mexeu nas minhas coisas, hahaha!

— *You're welcome*, Nicolas! — disse ele, fazendo uma reverência engraçada.

— Pode me chamar de Nic. Meus amigos me chamam assim.

— Então já somos amigos? — E brota um sorriso do rosto dele.

— Podemos dizer que sim!

— Então me chama de Gabe também. É assim que as pessoas me chamam.

— Combinado, Gabe. Valeu demais pela mala. A gente se esbarra! — Eu me levantei e estendi a mão para cumprimentá-lo.

Ele então me surpreendeu com um abraço. Senti o corpo dele perto do meu. Minhas bochechas queimaram.

— Espero que a gente se esbarre logo. Foi um prazer te conhecer, Nic.

Peguei a mala e fui para o caixa. Na fila, pedi um carro pelo aplicativo pra casa da Marcela. Apesar de ser ali perto, já estava tarde para ir a pé. Gabriel disse que ia ao banheiro antes de sair. Tive um tempinho pra sair antes que ele voltasse. Preferi assim, sem constrangimentos depois da despedida.

O carro chegou e coloquei a mala no banco de trás, ao meu lado. A corrida era muito curta para guardá-la no porta-malas. Atravessei a avenida Paulista me lembrando de como me senti da primeira vez em que estive ali com meus pais. Como se o mundo fosse grande demais pra mim. Naquela vez, eu me sentira engolido pelo universo. Agora eu só senti que, mesmo sem praia, essa cidade tinha as suas grandiosidades. As luzes eram uma delas. Meu celular tremeu antes de chegarmos ao Paraíso. Mensagem do Gabriel.

Gabriel
Hey, já tô no carro indo pra casa. Curti muito te conhecer.
Deixa eu te perguntar uma coisa... cê topa outro café depois de amanhã? Se tiver de bobeira na quinta...

Gabriel não era um serial killer nem pretendia me assaltar. Era um cara gente boa, com um papo maneiro e foi gentil em devolver a minha mala. E o melhor de tudo: ele estava oficialmente me chamando pra sair.

Um encontro do destino

Depois do João, eu quase não tivera encontros. Esbarrava com uns meninos em festas, dava o número errado, flertava pela internet, mas encontros mesmo foram pouquíssimos. Lembro de um amigo do Bruninho que cismou em me levar num boliche e não contava com meu espírito competitivo. Saímos de lá com a promessa silenciosa de que nunca mais nos veríamos de novo. Não posso fazer nada se ele não conseguiu superar a minha habilidade de ganhar todos os turnos e me perdoar por rir de como ele jogava mal. Qualquer pessoa de fora compararia aquela cena ao naufrágio do Titanic.

Já com Gabriel, meu progresso estava sendo naturalmente rápido. Antes mesmo de a gente se ver de novo, meu celular não parava. Cogitei até que ele estivesse mentindo sobre fazer faculdade, estágio e natação. O garoto me respondia prontamente e sempre tinha alguma coisa a dizer. Não era forçado, sabe? As palavras fluíam bem. Eu também sabia que meu foco não era aquele. Eu ia me mudar pra outra parte do continente em alguns meses, se tudo desse certo. Então não precisava me preocupar com primeiras impressões ou com o que eu ia dizer. A gente poderia até ter alguma coisa, mas seria fogo de palha. No máximo, uma história de verão.

Fomos nos encontrar em um bistrô em Pinheiros. Era uma casa reformada, e logo da entrada dava pra ver um quintal gigante. O teto era cheio de guarda-chuvas coloridos com pisca-piscas para criar uma atmosfera digna de uma adaptação cinematográfica de um livro do John Green. As mesas eram pequenas e afastadas umas das outras, dando certa privacidade pra quem quisesse conversar ali no meio. Nem cheguei a entrar pra conhecer a parte interna porque logo vi Gabriel acenando pra mim. Ele estava diferente. De jeans e camiseta. Não tinha mais o ar sério da roupa social que um estudante de Direito usa no dia a dia. Combinava um pouco mais comigo e com minha paleta monocromática de preto e tons de cinza. Ele até poderia achar que eu só tinha aquela camiseta. Se perguntasse, eu diria que meu vestuário era uma singela homenagem aos góticos e que aquilo não tinha nada a ver com a minha indecisão para me vestir.

Ao chegar à mesa, fui recebido com um abraço mais demorado do que da última vez. Ele perguntou sobre meus dias e contei sobre o porre que a Marcela tinha tomado e sobre como estava sendo escrever a apresentação final da seleção. Eu ainda não sabia qual história contar, mas queria apostar numa comédia romântica cheia de reviravoltas como a vida amorosa da Taylor Swift. Enquanto eu olhava o cardápio, ele sugeriu que a gente não pedisse café daquela vez. Aparentemente, aquele era um dos lugares preferidos dele, com um "jantarzinho bem legal e preço tranquilo". Ele perguntou se eu bebia, mas fiquei inseguro de arriscar umas doses de álcool perto daquele cara. Eu estava visivelmente atraído por ele. Achei melhor não passar vergonha e pedi um suco.

— Então você não bebe? — Ele deu um gole na cerveja e sorriu.

— Até bebo, mas vou evitar por hoje.

— Meu, mas é só uma cervejinha, poxa. Tá tudo bem. Eu esqueci que você tinha feito dezenove anos ontem.

— Falou o Sr. Adulto, né? Tu tem a mesma idade que eu, doido!

— Mas já vou fazer vinte. Inclusive, meu aniversário é na semana que vem. Meus pais vão viajar e vou chamar uns amigos lá em casa pra comer pizza e beber alguma coisa. Não aceito desculpas. Quero você lá!

— Tá tão fácil ir nos seus aniversários assim? Já tá chamando um cara que você conheceu ontem.

— Anteontem, bonito! Anteontem. — Ele balançou a cabeça como se estivesse indignado.

Eu tinha reparado em como ele falava comigo. "Bonito". Será que era modo de dizer ou ele realmente me achava bonito? Onde é que isso iria parar?

— Meio nada a ver, né? Eu ir pra tua casa sem conhecer ninguém...

— Ué, leva a Marcela.

— Você também não conhece a Marcela.

— Não seja por isso. Chama ela pra gente fazer alguma coisa no final de semana.

Sempre fico com receio quando alguém faz planos. "Vamos fazer algo no final de semana", "te vejo na semana que vem", "vamos num show no próximo mês". Essas coisas me dão uma vaga esperança. Parece que ele me quer por perto até lá, mas não existe nada ainda.

— Ok, vou pensar nisso!

— Promete? — Ele faz carinha de cachorro abandonado.

— Prometo, prometo!

— Mas deixa eu mudar rapidinho de assunto e te perguntar uma coisa? Você tá solteiro, né?

Direto ao ponto. Eu devo ter ficado vermelho porque ele automaticamente deu outro gole na cerveja e riu. Eu reconheceria a postura de ataque em qualquer lugar. Sabe, às vezes acho que penso demais, mas era impossível não tentar ler, cara, ele tinha alguma coisa e eu ainda ia descobrir o que era.

— Oi? — Gaguejo.

— É… lembra que eu te disse que li o seu caderno? Talvez tenha lido mais do que deveria. Você escreveu algumas cenas de reencontro, como se esperasse por alguém que foi embora. Teve uma frase de um dos seus personagens que me pegou bastante. "Eu acordo pensando que o mundo não parou para eu sentir sua falta. As pessoas continuam andando, pegando ônibus, chegando no trabalho, indo para a aula, dando à luz, dormindo uma boa noite de sono. Tudo continua em movimento…"

— "Só eu parei. Torço pra que exista alguma realidade paralela em que eu também continue e não sinta mais a sua falta." — interrompi Gabriel.

— Meu coração pisciano quase não aguenta. Isso é muito bonito, sabia? Aconteceu ou é só ficção?

— É sobre o meu ex.

Contei minha história com João. Expliquei que o Rio de Janeiro tinha ficado estranho depois daquilo. E que aquele período em São Paulo estava sendo bom para eu repensar coisas sobre mim. Gabriel pareceu divagar para longe. Ele me olhou, depois voltou o olhar para os guarda-chuvas, jogou as mãos pra trás da cadeira e acenou com a cabeça como se me avisasse que estava prestando atenção. Fomos interrompidos pela garçonete com os pratos. Dei a primeira garfada e ele quebrou o silêncio.

— Escuta, você é incrível e tem um talento grande pra colocar no papel as coisas que as pessoas realmente vivem. Eu ia amar ver isso em cena. Dá pra imaginar os quadros, os diálogos… é poderoso. Isso tudo que você tá sentindo vai passar. Todo primeiro amor parece um fim do mundo quando acaba. Lembra do ex que te falei no café? Foi meu primeiro amor também. Um ariano que me machucou muito. Mas tô vivo, não tô? Ainda tem muita decepção pra gente se entregar logo na primeira, Nic.

— E como você sabe disso? Vou te lembrar sempre que você tem praticamente a minha idade e não viveu muita coisa.

— Mas eu sou um otimista. Prefiro acreditar que a vida reserva coisas boas pra pessoas boas. Eu sou romântico demais, mano. Sonho em esbarrar com alguém numa fila de padaria ou no metrô, me apaixonar perdidamente e construir uma família com final feliz.

— Isso não vai acontecer comigo, hahaha…

— Então deixa eu adaptar aqui: imagina trocar de mala com um cara aleatório e dar a sorte de ele ser um carioca gatinho que tá solteiro e disponível?!

Quase cuspi o que estava comendo. Ele tinha escancarado o interesse. E eu não fazia a menor ideia do que falar.

— Acho que eu não sei o que dizer…

— Relaxa, não precisa dizer nada. Só me deixa te conhecer melhor.

— O João também é pisciano. Teu signo já acabou comigo uma vez. — É tudo o que consegui responder.

— E não é você que acha a astrologia falha? Não é um signo solar que define alguém. Essa é a hora perfeita pra você perceber que nem todo mundo do mesmo signo é igual. Eu devo ser muuuuito mais legal que ele!

Meu tato social tinha ido pro ralo. Definitivamente.

Pedi uma cerveja. Àquela altura do campeonato, eu precisava de algum apoio moral pra continuar o papo. Por que eu tava sendo tão resistente com ele? Respira, Nicolas. Ele mora em outra cidade, você vai voltar pro Rio e depois vai pra outro país. Isso não vai chegar a lugar nenhum. Ele só deve estar carente e gostou do flerte. Não tem mal nenhum em se dar a chance. Ele não tá te pedindo em casamento nem nada do tipo. Ele só tá dando em cima de você.

Continuamos conversando. Falamos sobre a comida do restaurante, a trilha sonora que tocava ali, dos meus gostos musicais, dos gostos musicais totalmente opostos dele, de como ele amava fazer aniversário e acreditava em infernos astrais mais brandos. Pedimos a conta e fomos para a porta do bistrô esperar nossos carros.

— Eu tava falando sério, hein! Quero te ver de novo. A menos que você esteja saindo com alguém e eu esteja incomodando…

— Tu tá louco, né? Acabei de chegar aqui e não tem ninguém no Rio me esperando.

— Ótimo! Então vê com a sua amiga o que a gente vai fazer no final de semana. Quero conhecê-la.

— Tudo bem! Vou ver se a Marcela topa fazer alguma coisa com a gente.

— Curti muito te ver hoje. De verdade. Esse inferno astral tá parecendo o melhor que já tive até agora. Ano passado, eu quebrei um dente. Neste ano, eu te conheci.

— É... acho que eu sou melhor que um dente quebrado! Meu carro chegou. Ele parou do outro lado da rua. Vou lá. Então... tchau! — E me virei para abraçá-lo.

Na mesma hora, Gabriel virou o rosto e me beijou. Ali mesmo. No meio de uma rua vazia numa quinta-feira. Senti nossos corpos colados e a tensão nos meus ombros. Eu não sabia o que fazer com meus braços, enquanto os dele me envolviam. Correspondi ao beijo e me esqueci do carro, das horas, da resistência em aceitar o flerte. O beijo dele tinha gosto de casa. E cerveja.

Não sei quanto tempo passou até acabar, mas consegui ver nos olhos dele um afeto que eu não vivenciava havia algum tempo. Me lembrou do que eu senti no primeiro beijo, quando tudo era assustador e vulnerável. Me lembrou de como era me abrir pra alguém.

— A gente se vê, bonito. Me avisa quando chegar em casa — pediu ele, e fez um carinho no meu rosto.

A gente se vê. A gente se vê mesmo, Gabriel.

A Era de Peixes

Marcela parecia mais animada do que eu. Segundo ela, quando a nossa própria vida amorosa é um lixo, nós temos que torcer e viver um pouco da vida amorosa dos amigos. Ela perguntava o tempo inteiro sobre o Gabriel e tirava algumas horas do dia para stalkeá-lo e comentar comigo. "Você viu o que ele postou?", "Nossa, ele é bem gracinha, Nic", "Achei um pouco biscoiteiro, mas fofo", "Ele não posta foto de sunga antes da natação, não?" e outras mensagens do tipo, que eu recebia o dia inteiro.

Nós já tínhamos nos adicionado nas redes sociais, e eu já tinha descido o *feed* dele quase inteiro para saber onde eu tava me metendo. Eu não diria que sou stalker, apenas precavido. Tinha visto umas fotos estranhas de quatro anos antes, paisagem, viagem, mais paisagem, uma praia, foto com os amigos em que ele mal aparecia, foto com os pais e… uma foto beijando um menino no rosto. Não tinha legenda, mas um perfil com uma foto bastante parecida com o menino que Gabriel beijava na foto tinha deixado um coração nos comentários. Eu não sabia se deveria chegar ao ponto de entrar no link para ver quem era o menino. Eu ainda estava conhecendo o Gabe, as coisas não precisavam ser tão loucas e, mesmo assim, optei por entrar naquele perfil. Lucas. Perfil trancado. Argh! Deixei pra lá.

Os dias foram passando, e eu quase não me lembrava mais do motivo de estar em São Paulo. Vez ou outra mamãe me perguntava sobre a seleção, e eu corria pra rever os materiais e tentar criar alguma coisa nova. Cogitei falar sobre uma mulher que conhecia o cara dos sonhos na fila do metrô e o perdia de vista, mas a minha imaginação travava na hora de explicar como ela sabia que ele era o cara certo pra ela. Pensei em escrever sobre dois rapazes que se cruzavam na ponte aérea, trocavam as malas e se apaixonavam, mas eu não queria depositar esperanças nessa ficção. A minha cabeça viajava e tudo o que eu consegui escrever eram cenas de comédia romântica com finais felizes. E eu sabia bem o porquê disso.

Meu foco estava em outra coisa. Ou melhor, em outra pessoa. Gabriel e eu nos falávamos o dia inteiro. Ele ainda insistia em conhecer a Marcela e prometi que a levaria para um sorvete no domingo. Tive que fazer Marcela prometer mil vezes que não soltaria nenhuma informação comprometedora. Ele não precisava saber que nós percorremos todo o histórico de fotos e postagens dele em duas redes sociais. Nem que tinha sido o assunto principal dos nossos papos nos últimos dois dias.

Os dois se conheceram e pareceram melhores amigos. O papo sobre astrologia ajudou quando Gabe sugeriu fazer a leitura do mapa astral da Ma. Eu concordava com tudo só porque achava a risada dele mais gostosa que o meu sorvete de doce de leite. E quando ele encostava na minha coxa pra chamar atenção sobre algum detalhe ou planeta orbitando na vida da Marcela, eu sentia o coração acelerar. Mas de um jeito bom. Queria poder me ver de fora. Passar pela sorveteria e observar nós três sentados, conversando, entretidos por casualidades. Queria ver como eu me comportava com ele, se eu parecia muito mole ou deixava uma babinha escorrer quando ele falava. Se parecia muito maior que ele quando o abraçava ou se ele parecia achar graça quando eu falava alguma coisa. Tinha me esquecido como era a insegurança que bate quando uma pessoa nova mexe com a gente. O curioso era que não era a mesma sensação de quando eu tinha me apaixonado pela primeira vez, aos dezesseis anos. Era boa, mas diferente. Seria o nosso interesse que muda com o passar do tempo ou a nossa forma de gostar? Não sei. Mas sei que já existia afeto dentro de mim.

Quase tive que separar Marcela e Gabriel para irmos embora. Ele gostou dela. Disse que eu precisava levá-la pro aniversário dele, mas que a gente ainda poderia se ver antes. Trocamos uns beijos e ele segurou minha mão fazendo manha. Pediu pra eu não ir. Ele também parecia estar sentindo alguma coisa, um afeto crescente, ou ao menos muito interesse. Era bom sentir isso. Reciprocidade. Mesmo que fosse pra durar só naquelas semanas em que eu estaria em São Paulo.

Os dias passaram como um raio. Marcela e eu decidimos que iríamos ao aniversário do Gabe, mesmo sabendo que eu teria que disputar a atenção do aniversariante. Tomei dois shots de vodca antes de sair de casa pra não chegar lá extremamente travado. Ao chegarmos no prédio do Gabriel, o porteiro avisou que era só subir pro 52. Eu só precisava agir como num dia comum. Toquei a campainha e a porta rapidamente se abriu.

— Bem-vindo à Era de Peixes!

E lá estava Gabriel, como eu nunca tinha visto antes. Os cachinhos caídos na testa, mas ele tinha feito alguma coisa pra deixá-los com mais volume. Parecia ter feito um *side cut*. E tinha algo brilhante no rosto, alguma maquiagem que misturava branco com azul, formando pequenas ondas perto dos olhos. Quando notei a camisa, entendi que eram as cores do oceano.

— Então era uma festa temática e você não disse nada?! — reclamei enquanto entrava no que parecia ser uma sala grande e vazia.

— Eu te disse, sim. Não se faz de doido. Você acha que eu ia deixar de comemorar duas décadas de vida sem homenagear o melhor signo do zodíaco? Hoje vocês serão levados ao fundo do mar. Bom te ver, Ma! — Ele cumprimenta Marcela, que ri da empolgação do pisciano.

— Não lembrei. A gente podia ter vindo fantasiado, poxa.

— Relaxa, só eu tô assim. O pessoal tá lá na varanda. Bebidas na geladeira, banheiro à direita da cozinha. Fiquem à vontade! Vem cá que eu vou apresentar vocês! — E me puxou pela mão com a maior naturalidade do mundo.

O apartamento dos pais de Gabriel era grande. O dobro do meu. Na sala estavam alguns pares de sapato enfileirados, dos outros convidados. Eu tinha feito questão de atrasar um pouco para que não abríssemos a festa. Alguns amigos do Gabe bebiam em pé na cozinha quando ele nos apresentou. A maioria dos convidados estava na varanda, que era tão grande quanto o resto da casa. Uma caixa de som portátil tocava algum sambinha da nova MPB enquanto as pessoas seguravam cervejas, garrafinhas de Corote e copos com líquidos estranhos. Gabe me puxou e disse que tinha uma pessoa em especial que eu precisava conhecer. Ele chega fazendo alarde numa rodinha.

— Jô, esse aqui é o Nicolas. O carioca que te falei! Nic, essa é a Joana. A gente se conhece há uns…

— Há uns quinze anos, desde a creche, eu acho. Sorte a sua que você não tem tanto tempo com esse garoto, Nicolas. Prazer! Ele fala de você o tempo inteiro e eu já tava curiosa pra saber quem aguentava o Gabriel falando por vinte e quatro horas num dia sem enjoar. — Joana abraça o Gabe enquanto eu disfarço um sorriso.

Ele falava de mim pra ela. Era sinal de que alguma coisa realmente estava acontecendo. A gente não fala de qualquer pessoa pra nossa melhor amiga. Eu não falava. Se contasse sobre toda e qualquer boca que eu já beijei depois do João, a Marcela teria que comprar um arquivo pra armazenar as informações. E não tinha rolado nenhum boy importante até aquele momento.

— Por enquanto, ele tá superlegal. Nenhuma reclamação. Por enquanto… pode deixar que te aviso assim que ele começar a mostrar os defeitos, viu? — E rimos enquanto Gabe também apresentava Joana à Marcela.

Cumprimentamos a roda inteira. Notei um menino perto de nós que não me era estranho. Eu já tinha visto aquele rosto em algum lugar. Ele parecia me conhecer também ou, pelo menos, ficou interessado em ouvir o que falávamos.

Era o menino da foto do Gabe. O que tinha deixado um coração nos comentários. Lucas.

Percebi que estava encarando o menino quando quase deixei de falar com um amigo que Gabe me apresentava. Alguns minutos depois, puxei Marcela para ir na cozinha comigo. Contei sobre o menino da foto. Ela olhou a geladeira e perguntou se eu topava um gim. Nunca tinha bebido gim, mas àquela altura eu já estava topando beber qualquer coisa. Ela me entregou um copo com cheiro forte. Engasguei com o drinque de álcool puro. A garganta ardeu.

— Você vai precisar de algo forte mesmo, de nada.

Voltei pra varanda e Gabe estava conversando com o garoto. Eles se abraçaram e Lucas deu um beijo no rosto dele. Percebi o envolvimento dos dois. Era intimidade. Um tipo de intimidade que demonstrava como os corpos deles se conheciam bem. Pela primeira vez, senti ciúmes dele. Eles ainda tinham alguma coisa? Será que eu estava no meio de uma história inacabada, servindo só pra fazer ciúmes no ex?

Notando minha estranheza, Joana perguntou se estava tudo bem. Respondi que sim e tentei voltar a prestar atenção na conversa. Por sorte, Marcela era ótima em ser o centro das atenções e colecionar amizades. Em meia hora, a rodinha inteira se entretia com as histórias dela e descobria os amigos em comum que tinham no Rio e em São Paulo. Eu ainda estava incomodado com a proximidade deles dois. Gabe ressurgiu e me pegou pela cintura. Ele perguntou se eu queria outro drinque, mas falei que podia esperar.

— Quero te mostrar uma coisa. Vem cá. — E então me levou pela cozinha a uma parte de casa com as luzes apagadas.

Não havia ninguém por ali.

— Eita... o quê?

— Calma, deixa eu acender a luz. Espera. Pode entrar. — Ele abriu uma porta no corredor e apertou o interruptor.

Era o quarto dele. Tudo seguia a paleta azul e branco, até os quadros da parede oposta ao computador. Uma estante com livros e um pequeno altar com cristais e incensos completavam o cômodo. Ali também tinha uma pequena varanda, tomada parcialmente por algo que eu não conseguia identificar.

— Por que você tá me trazendo pro seu quarto no meio da festa, seu louco? — Droga. Eu não deveria ter falado assim. Estava mesmo nervoso.

— Relaxa. Quero te mostrar uma coisa. Vem aqui na varanda.

Quando me aproximo, percebo o que havia ali: um telescópio. O clima era ameno e as nuvens davam trégua, mostrando um céu limpo com algumas estrelas e sem previsão de chuva. Ele manuseou o telescópio e me chamou pra observar pontos brilhantes impossíveis de serem vistos a olho nu. Consegui ver um amontoado de estrelas.

— É a constelação de peixes, tá vendo? Numa das versões da mitologia grega, Eros e Afrodite estavam fugindo de Tifon, o Deus da Seca, quando Amalteia indica o caminho dos mares como a única possibilidade de fuga. Poseidon envia dois delfins amarrados por um laço de ouro para levá-los até o fundo do oceano. Lá eles viveriam um amor impossível sem que os homens nem os deuses pudessem persegui-los. Como forma de agradecimento, Afrodite e Eros transformaram os delfins nessa constelação que você tá vendo. É assim que nasce o signo mais fofo do zodíaco — contou ele, debruçado no parapeito da varanda.

— Tenho lá minhas ressalvas sobre peixes ser o signo mais fofo do zodíaco — digo, rindo, mas encantado pela maneira com que ele me contou a história.

— Acho a figura de Afrodite forte. Ela abandonou o contato com o mundo exterior para viver esse amor isolada no fundo do mar. É entrega pura. Não é à toa que ela é a deusa do amor e das trocas afetivas. Eu faria o mesmo. — Ele fez uma pausa e me puxou pra perto. — As pessoas não são definidas pelo signo. Tem um mapa astral inteiro ali pra influenciar as trocas e como a gente se projeta na vida. Tem um mapa astral inteiro meu pra te convencer de que eu posso ser uma boa aposta.

— E o que te faz pensar que eu sou uma boa aposta?

— Eu sinto as pessoas, Nic. Ou você acha que eu me abro pra qualquer cara só porque eu quero pegar? Eu senti alguma coisa com você. A tua sensibilidade, o jeito que você vê a vida, a coragem de ir embora pra outro país e arriscar pelo seu sonho... Você tem muita coisa acontecendo aí dentro. Não é só mais um cara que quer terminar a faculdade, arrumar um emprego, ter uma família e morrer. Não que isso seja errado, mas eu costumo me encantar por gente que tem camadas. E você tem muitas. Dá pra ver isso só por essas semanas que a gente tem saído.

Ele tinha sumido da comemoração de aniversário só pra me mostrar as estrelas e falar aquelas coisas. Mas, antes disso, ele estava agarrado com o ex de quem já tinha me falado algumas vezes. Quantas vezes essa história de mitologia grega já não tinha sido contada? Será que tinha sido nessa varanda que Lucas ouviu sobre Eros e Afrodite antes de se apaixonar por Gabriel? É curioso como racionalizo tudo e deixo o romance pras cenas que eu crio. Se eu estivesse escrevendo sobre essa noite, meu protagonista estaria radiante com a confirmação de que o príncipe encantado gostava dele. Mas príncipes encantados não existem. E romances não são iguais aos que a gente vê nos cinemas.

Ficamos em silêncio por um tempo. Já que ele se abrira daquele jeito comigo, talvez fosse o momento de eu ser sincero com ele.

— Quando entendi que era gay, eu morri de medo. Tava no meio do colégio e me apaixonei pelo meu melhor amigo. Eu já sabia que ele também gostava de meninos, mas não tinha contado nada pra ninguém. Não tava com medo de me assumir pras pessoas, mas pensava no que aconteceria se falasse pra ele o que estava sentindo e fosse rejeitado. Só depois que ele beijou um menino numa festa é que tive coragem de contar, porque doeu demais ver aquilo. No fim das contas, era recíproco e fui descobrindo como era louco esse negócio de me relacionar com alguém. Aprender a gostar, construir alguma coisa, pensar em ir junto pros lugares, juntar o dinheiro da mesada pra comprar um presente. Todas as minhas primeiras vezes foram com ele. E eu perdi essa referência. Acho que a parte mais difícil pra mim é essa. Eu preciso construir novas referências, mas entrar num mundo novo é estranho. Ver meus amigos irem embora foi assustador. Descobrir como funcionaria a dinâmica dos meus pais morando em casas diferentes foi assustador. Me inscrever num curso em outro país só porque eu acho que é a melhor coisa pra mim agora também é assustador. Imagina colocar outra pessoa no meio disso, sabendo que eu posso nem estar por aqui no ano que vem? É por isso que tenho sido relutante em me abrir contigo. Além disso, eu vi você e o Lucas lá fora. Ainda rola alguma coisa, né? — Desabafei e me afastei do abraço dele.

Parei ao lado dele e encostei no parapeito de costas pra rua. Não tinha mais coragem de olhar pra ele.

— Lucas? Não! A gente é muito amigo hoje em dia. Eu não ia te trazer aqui se eu ainda tivesse alguma coisa com meu ex. Inclusive já falei sobre você pra ele. Ele que me apoiou pra seguir em frente, mesmo sabendo que posso ficar de coração partido daqui a uma semana quando você for embora. Eu não tô te pedindo em casamento, Nic. Só quero te conhecer melhor. Eu sou coração em tudo que faço. Quando encontro alguém com quem me sinto à vontade pra ser eu mesmo, levo pra vida. Só não quero ser um peso pra te prender no Brasil sabendo que você tá planejando viver uns anos fora sem nem saber se vai voltar. Não vou mentir dizendo que isso não me assusta. Assusta demais. Só que não consigo controlar isso. Eu tô me apaixonando por você, Nic.

Segurei seu rosto e lhe dei um beijo. Ainda dava pra escutar a música baixinha tocando atrás da porta. Não teve pressa nem nervosismo. Era um beijo calmo como o fundo do mar. Meu corpo já tinha entendido que ele não era mais um estranho. Embaixo das estrelas, somos observados pela constelação de peixes. Ele não sabia descer ladeira devagar e eu precisava destravar o freio de mão. Eu confiava nele. Mais do que isso: eu gostava dele. Não tinha por que pensar tanto no que ia acontecer comigo no dia seguinte. Nosso futuro é um amontoado de escolhas que fazemos hoje. E não dava pra ignorar que eu também sentia alguma coisa. Por mais difícil que fosse tomar uma decisão, eu precisava escolher.

Eu escolhi deixar o que sinto fluir.

No fundo do mar

A última semana em São Paulo estava sendo completamente diferente do que eu imaginava. Durante o dia, aproveitava para tentar pensar em referências que me ajudassem a criar a defesa da última fase das seleções. Decidi aproveitar o gancho sobre a mitologia dos signos e pesquisar melhor aquele universo.

Meu pai enviou alguns artigos que ele tinha guardado sobre a origem dos signos. Vez ou outra, eu consultava o Gabe pra tirar umas dúvidas sobre planetas e outras coisas. O que deveria ser um estudo sobre astrologia acabou se transformando no despertar de um novo interesse. Acho que eu nunca liguei muito pra isso porque superstições são símbolos que fogem do meu controle. Eu gosto de tudo muito bem explicado, gosto de entrar em territórios cujos campos eu já conheça. Odeio não saber onde pisar. Gabe foi o primeiro campo minado em que me arrisquei. Ainda assim, demorou um tempo até eu largar o medo. Tenho medo de sofrer e me planejo para entender todas as possibilidades de alguma ação minha. Quando não dá certo, jogo a culpa em mim, não em um monte de astros. Mas dei o braço a torcer. As coincidências dos últimos tempos e a conexão com meu novo pisciano preferido não podiam ser apenas um acaso do destino. Tinha alguma coisa realmente escrita nas estrelas.

Eu tivera uma vaga ideia sobre uma nova história na noite do aniversário do Gabe, mas me faltavam informações pra construir a narrativa. Meu roteiro da apresentação final seria um curta onde Eros e Afrodite se encontravam nos dias de hoje e precisavam fugir de um novo Tifon, que agora era representado como o Deus do Desencontro. Meus protagonistas viveriam presos em suas rotinas confortáveis, orbitados pela solidão de nunca encontrar alguém com quem partilhar os bons momentos da vida. Andariam pela cidade à espera de que algo acontecesse com eles, assombrados por um deus ardiloso que não permitia que eles se encontrassem e vivessem o amor para o qual estavam predestinados.

Escrevi todas as variáveis possíveis da história até chegar à conclusão de que o melhor caminho seria pregar uma peça no vilão por meio de Poseidon, Deus da Coincidência. Eros e Afrodite dividiram o mesmo carro numa corrida de aplicativo durante uma enorme tempestade. O desfecho dos dois ainda me incomodava. Com os textos de papai, consegui ignorar a explicação lógica que eu tanto buscava no final feliz dos meus personagens e deixei a imaginação seguir livremente pro lado mais fantasioso da coisa.

Gabe me encontrava todas as noites depois do estágio. Fomos ao teatro e vimos uma versão horrorosa de *Hamlet*, conhecemos uma sorveteria nova no Itaim Bibi e até cantamos nossas músicas preferidas em um karaokê na Liberdade. Nesse dia, troquei "I Knew You Were Trouble" por uma música mais animada da Taylor Swift. Ele ria enquanto eu gritava o refrão de "Blank Space". Gabe tinha entendido o recado. E eu? Bem, eu tava me permitindo viver aqueles dias sem pensar muito no que aconteceria depois.

No dia da última entrevista, o porteiro da Marcela interfonou cedo. Tinha chegado uma encomenda. Desci sem saber o que era e me deparei com uma cesta gigante cheia de chocolates, pães e uma pelúcia fofa com um bilhete.

"Nicolas, sei que hoje é um dia importante. Espero que o seu café da manhã seja mais doce. Boa entrevista. Você vai arrasar!
Com carinho,
Gabriel."

Subi com a cesta me sentindo abraçado. Era importante que Gabriel me apoiasse mesmo sabendo que, se eu passasse, teria que me mudar.

A entrevista pareceu correr bem. Dois entrevistadores conversaram comigo durantes algumas horas. Ora me faziam perguntas em português, ora em inglês. A falta de domínio de alguns termos mais técnicos da língua estrangeira não pareceu ter me atrapalhado. O resultado sairia nos quinze dias seguintes. Em caso de aprovação, eu deveria preparar os documentos, fazer a matrícula e começar a pensar na mudança para iniciar os estudos já no próximo ano. Um futuro incerto ainda me aguardava.

Naquela noite, Gabriel me chamou para jantar em comemoração ao fim do processo. Ele prometeu cozinhar, mas salvei recomendações de pizzaria que a Marcela tinha dado, caso os dotes culinários dele não fossem tão bons.

Quando cheguei no apartamento, a sala estava diferente. A grande mesa de madeira era iluminada por algumas velas, também espalhadas por outros pontos da sala. No fundo, uma música baixa tocava para ambientar o local. Ele conseguiu sair mais cedo do estágio só para passar no mercado, cozinhar e arrumar a sala daquele jeito pra gente. Não tinha como não me apaixonar por esse garoto.

Gabe vestia um conjunto verde de calça e camisa que destacavam bem o peitoral desenhado pela natação. O pano de prato pendurado no ombro direito entregou a dedicação na cozinha. Ri quando notei o contraste daquilo com a roupa. Ele me puxou pra sala. Perguntou se eu queria beber alguma coisa e pediu pra esperar em um dos lugares preparados à mesa enquanto ele buscava algo. Só os meus personagens tinham vividos cenas assim. Eu nunca tinha imaginado que me veria num clichê romântico de Tela Quente.

Ele voltou com macarrão e uma garrafa de vinho. Sentou-se na minha frente e serviu os pratos. Perguntei se o vinho era doce. Não sei beber vinho e nunca gostei muito das garrafas que mamãe abria lá em casa. Os que eu mais gostava eram os garrafões abertos nos esquentas com a galera. Já tinha entendido que bons vinhos eram um pouco mais amargos do que o meu paladar gostaria. Ele encheu as taças.

— Um brinde ao meu roteirista preferido! — Gabe ergueu a taça e me convidou a fazer o mesmo.

— Como se você conhecesse muitos, né? Eu prefiro que a gente brinde a outra coisa.

— A quê? — perguntou ele, desconfiado.

— Aos bons encontros.

— Aos bons encontros, então! — Ele repetiu e deu um gole. Voltou com a taça à mesma posição de brinde. — Mas também a nós, independente do que vai acontecer.

— Concordo. A gente merece! — Brindei e bebi de novo.

Comemos a primeira rodada e fiquei feliz de não ter que pedir a pizza. Ele sabia cozinhar muito bem. Contei como tinha sido a apresentação e lamentei ter que esperar pelo resultado.

— E como terminou a história, hein? Você não me contou ontem.

— Ontem eu ainda não tinha certeza do final. Mas hoje de manhã uma cesta de café me deu uma luz.

— E então?

— Foi um final feliz. Eros e Afrodite mereciam. Queria ter deixado um final aberto pra história deles, fazer com que a cena levasse o espectador a pensar que Tifon tinha conseguido separar os dois. Mas eles mereciam viver um amor possível dessa vez. Sem fundo do mar, sem reclusão. Só os dois e a cidade.

Vi que ele se emocionou com o que falei. Os olhos marejaram e ele segurou na minha mão. Senti que a mensagem tinha sido passada com sucesso.

— A gente merece mesmo viver isso. Eu, você e a cidade.

— Pelo menos até o final da semana, né? Eu tô indo embora depois de amanhã... — E me dei conta de que não tinha sido só o final do processo seletivo. Também era o final da viagem. Os últimos dias acordando com a Marcela e vendo o Gabriel.

— Tá louco, meu? Eu já comprei passagem pra ir pro Rio daqui a duas semanas. Tenho alguns amigos por lá que podem me abrigar e rola de ir de vez em quando com o dinheiro do estágio. Acho que meus pais dão uma força também se eu contar o motivo. Você acha que eu vou te deixar ir embora assim?

— E eu não quero ir embora também.

Era visível a minha animação ao ouvir aquilo. Sorri de orelha a orelha ao perceber que a minha história de verão não iria virar só mais um causo pra compartilhar com as pessoas. Ele estava disposto a encarar uma ponte aérea pra me ver de vez em quando. Eu já começava a mudar de ideia: não queria mais pensar no que aconteceria se fosse embora. Não queria mais viver o momento pra ver até onde daria. Eu queria passar meu tempo com aquele cara. Puxar a coberta no meio da noite e acordar no peito dele. Fazer café da manhã pra nós dois. Aprender sobre os signos e os mitos e as coisas todas que ele tinha paixão em me contar. Mostrar os meus filmes preferidos e levá-lo pra pegar uma praia no Leme. Andar de bicicleta pela orla e apresentá-lo aos meus amigos. Aprender uma música pra cantar no karaokê com ele na Feira de São Cristóvão. Eu queria viver um mundo de coisas novas que só aquele menino poderia me apresentar.

Dormimos juntos pela primeira vez. Ver Gabriel virando pro lado enquanto dormia era uma cena bonita que eu poderia ter escrito. Funcionava bem sem diálogos, sem trilha sonora ou qualquer outro elemento. Só precisava do vento que entrava na janela aberta, da fresta de luz que batia no nosso rosto e no braço enrolado na minha cintura. Se eu pudesse, faria daquele momento o meu "felizes para sempre" repetido por todas as manhãs. Infelizmente, eu já tinha que começar a arrumar as coisas pro voo de volta no dia seguinte.

Nosso café da manhã tinha um ar mais leve, como se as expectativas tivessem se encaixado. Assinamos um acordo silencioso de que tentaríamos fazer dar certo. Era o que eu tinha entendido, pelo menos. Já havia planos para um final de semana no Rio dali a duas semanas, uma volta minha no mês que vem, um festival de música no seguinte e assim por diante. Ele estava me ensinando a aceitar as coisas boas que acontecem na vida. Ele tava me ensinando a sonhar como ele.

Gabe já tinha perdido a hora da aula, mas tinha que chegar mais cedo no estágio para compensar pelo dia anterior. Andamos até o metrô e segui para o apartamento da Marcela. Precisava organizar as coisas, lavar algumas peças de roupa e comprar um presente de agradecimento pelo tempo que ela me abrigou. Lembro que ela é viciada em *Pulp Fiction* e saio à procura de uma edição que tinha sido lançada fazia alguns anos, com comentários do diretor. Na loja, encontro uma edição especial de *Clube da Luta* também. É um dos meus filmes preferidos e Gabriel disse que nunca tinha visto. Tinha ficado devendo um presente de aniversário pra ele e gostava de dar coisas simbólicas pra pessoas importantes pra mim.

Marcela e eu tínhamos prometido que a última noite seria só nossa. Compramos pipoca, refrigerante, chocolates e vimos todos os filmes do Nicholas Sparks existentes no catálogo dos streamings. Rimos, choramos, prometemos que iríamos nos ver independente do que aconteceria comigo e com o Gabe. Eu devia isso a ela. Percebi como tê-la por perto me fazia mais feliz. Mesmo com a pressa e as mudanças de rotina, precisávamos nos ver mais. Uma só vez por ano não dava conta das saudades.

Acordei com Marcela pulando em cima de mim. Não conseguiríamos nos ver mais durante o dia, mas eu voltaria logo mais. Gabe chegou para me ajudar com as coisas que faltavam e trouxe uma mala de presente. Uma mala preta igual a que ele quebrou quando nos conhecemos. Deixei uma cópia da minha versão do amor de Eros e Afrodite para que ele lesse e me dissesse o que achou.

No caminho pro aeroporto, ele listou todas as coisas que queria fazer no Rio. Não conhecia muita coisa de lá, mas já sabia um ou outro lugar que gostaria de visitar. Prometi mostrar pra ele os meus lugares e pessoas preferidas. Só que precisava fazer meu check-in e seguir para a sala de embarque. A atendente do guichê me pediu um número de emergência para constar do cadastro. Eu nunca deixava um número. É minha forma de me convencer de que não existiriam possíveis emergências. Mas, dessa vez, abri a agenda de contatos e informei um número com DDD 11. Gabe sorriu quando ouviu os dígitos finais.

A pior parte das despedidas é sempre ter que olhar pra trás e saber que você deixou o seu coração com quem fica. Combinamos que seria sempre um "até logo" toda vez que um de nós entrasse num avião, carro ou ônibus. Antes de ir pra sala de embarque, dei um beijo nele e o agradeci por ter me feito repensar um monte de coisas sobre mim. Sobre medo, sobre escolhas, sobre a ansiedade com um futuro que não precisa ser vivido agora. Ele pediu que eu avisasse quando chegasse no Rio. Concordei e disse o meu "até logo".

Um voo de São Paulo para o Rio de Janeiro dura, em média, cinquenta minutos. É o tempo de deixar o celular em modo avião e ficar trancado numa máquina de metal a muitos pés de altura do chão. Na minha frente, havia uma revista da companhia aérea. Comecei a folheá-la para passar o tempo. Perto da página quinze, vi um destaque com os horóscopos da semana. A previsão para libra era de que novidades iriam movimentar a vida nos campos afetivo e profissional. O resultado da seleção pra NYTA chegaria nas próximas semanas. Gabriel também. Espiei o que as páginas diziam sobre peixes. "Seu coração parece ter encontrado o movimento necessário para manter seu mar em paz." Lembrei dele e sorri.

Sob um céu estrelado, voltava para a vida da qual tinha fugido havia semanas, mas já não existia angústia em me lembrar disso. Nada seria do jeito que eu tinha deixado, eu não era mais o mesmo. Lá fora, uma tempestade bloqueava a visão das estrelas com nuvens cinza carregadas. Talvez Eros e Afrodite estivessem entrando num carro naquele exato momento, prestes a iniciar uma história de amor escrita pelo destino. Enquanto isso, eu voltava pra casa certo de que os dias de inferno astral tinham acabado.

Finalmente eu estava vivendo o meu paraíso.

Tudo o que posso esconder

Por Pam Gonçalves

1

— Por que você não diz o que sente para as pessoas? — perguntou a Dra. Bárbara, minha psicóloga, na nossa última sessão.

Aquela não era a primeira vez que me perguntavam isso, mas nunca antes eu tive uma resposta para dar além do silêncio. Eu ia a psicólogos desde os treze anos de idade, quando meus pais se separaram pela terceira e última vez. Foi a forma que minha mãe encontrou de me "consertar". Ou, pelo menos, de aliviar os danos.

— Porque não posso pegar as palavras de volta — respondi, com sinceridade, olhando nos olhos da Dra. Bárbara, e peguei um dos lenços de papel que ficavam na mesinha ao meu lado.

A Dra. Bárbara também era a única que havia me visto chorar.

Não é como se eu não me emocionasse, pelo contrário... sou sentimental para cacete, mas sempre lido com isso sozinha. Naquele dia, naquela sala decorada em tom salmão que me dava um certo conforto, era como se eu estivesse transbordando pelos olhos.

Já era a quarta vez que a gente tentava explorar a necessidade que eu tinha de deixar as pessoas fora da minha vida. Nunca tive problema em conviver socialmente, conhecer pessoas e me comunicar de forma superficial. Mas existia uma linha invisível que não deixava ninguém se aproximar demais.

— Você não acha que poderia tentar...

— Não — interrompi.

Eu sabia o que ela ia sugerir, já havíamos tido essa conversa.

— Não vamos conseguir sair do lugar se alguma coisa não mudar. Você sabe, certo?

— Sei.

Isso não quer dizer que eu toparia correr o risco. Eu ainda não estava preparada.

— Você está preparada.

Deixei escapar uma risadinha porque a Dra. Bárbara parecia sempre ler meus pensamentos. Ela me achava muito forte. Todo mundo achava. Mas a verdade é que, tirando toda essa carcaça que me fazia sobreviver todos os dias, eu mal tinha força o bastante para respirar.

— Continua com os exercícios?

Fiz que sim com a cabeça.

— Correr me acalma.

Isso era verdade. Correr era a única coisa que parecia alinhar meus pensamentos e tirar a pressão que eu sentia da vida. Quando estou correndo com meus fones de ouvido é como se nada mais importasse. Eu precisava gastar a energia acumulada de alguma forma e desde que eu havia largado o time de vôlei no final do ano passado, tentei ir à academia, mas achei um saco. Correr ao ar livre era minha sanidade. O lado bom é que eu não precisava gastar dinheiro. E nem falar com pessoas.

Olhei para o relógio antigo que ficava em um balcão à minha esquerda. Era o relógio que a própria Dra. Bárbara usava para espiar a hora de vez em quando e controlar o tempo da sessão. Naquele dia, ela não havia tirado os olhos de mim nenhuma vez.

Faltavam cinco minutos para acabar.

— Acho que a gente pode ficar por aqui hoje — falei.

Ela conferiu o horário no delicado relógio no pulso esquerdo e balançou a cabeça, confirmando. Não havia mais nada que ela pudesse fazer. As coisas continuavam no mesmo lugar.

A Dra. Bárbara conferiu sua agenda e confirmou a nossa sessão da semana seguinte. Mas antes que eu pudesse me despedir, tirou um caderno pequeno de uma das suas gavetas e me entregou. Tinha capa marrom e folhas sem pauta.

— Quero que você escreva um diário — explicou.

Franzi a testa.

— Não tenho mais dez anos — disse, rindo.

— Diários não são apenas para crianças que colocam cadeado de coração para protegê-los, Diana — comentou a Dra. Bárbara sem qualquer tom de censura. — Quero que você conte no diário tudo que não consegue contar para as outras pessoas. Tudo que você esconde.

Aquilo me causou algum desconforto.

— Mas as pessoas podem achá-lo e ler tudo que eu escrevi — expliquei, começando a ficar angustiada só de pensar.

A Dra. Bárbara me encarou por alguns segundos e escreveu alguma coisa no canto do seu próprio caderno.

— Escreva. Se por algum motivo você se sentir ameaçada, achar que suas palavras estão em perigo, é só queimar o diário — Ela estalou os dedos. — Seus pensamentos estarão salvos.

Não me pareceu a melhor opção, mas eu sabia que ela estava sendo razoável. Sempre que ela me sugeria uma nova abordagem também já vinha preparada com um plano B, porque eu resistiria de alguma maneira. Concordei e coloquei o caderno na minha mochila do colégio.

— Até quarta que vem, então — disse a Dra. Bárbara me acompanhando até a porta da sala.

— Até — respondi, distraída.

— Diana — chamou ela antes que eu fosse embora. Olhei para trás. — Escreva.

Encarei as duas pessoas que estavam sentadas no sofá da sala de espera e depois acenei discretamente. Ela não precisava ter falado na frente deles.

* * *

— Como foi a sessão hoje? — perguntou minha mãe assim que fechei a porta do carro, como ela fazia todas as vezes em que me buscava na terapia depois do trabalho.

— Normal — respondi, puxando o cinto de segurança e prendendo com um clique.

Era minha resposta padrão.

Havia muito tempo ela tinha desistido de me fazer falar mais, por isso apenas acenou para mim e saiu do estacionamento.

Ficamos em silêncio por algum tempo, mas eu já conseguia pressentir sua vontade de me contar alguma coisa. Ela estava inquieta, me olhando de esguelha e abrindo e fechando a boca como se pensasse melhor no que ia dizer.

Quando paramos no cruzamento de uma das avenidas mais movimentadas da cidade, ela respirou fundo e desembuchou:

— Seu pai vai jantar com a gente na sexta.

Minha única reação foi piscar, lentamente, e trincar o maxilar. Eu já conhecia aquela história. Eles voltariam a namorar, meu pai se mudaria para nossa casa por algum tempo, as traições recomeçariam e mais uma vez eles iriam se separar.

Até que havia demorado bastante para que o ciclo recomeçasse, tempo suficiente para que eu deixasse de ser a criança sonhadora com esperanças de ver minha família feliz e contente como nos comerciais de margarina, ou como as famílias dos meus amigos da escola.

A quem estou querendo enganar? Nenhuma família é daquele jeito. Não existem relacionamentos felizes, apenas relacionamentos que sabem esconder muito bem o que há de ruim.

Diante da minha falta de reação, o sorriso nervoso da minha mãe foi substituído por um vinco entre as sobrancelhas. O claro sinal de que ela estava preocupada.

O silêncio dentro do carro continuou apenas até o sinal ficar verde, para minha sorte; só mais umas quadras e estaríamos em casa.

— Não vai ser como das outras vezes — argumentou ela.

Eu já tinha escutado isso antes.

— É claro — respondi, cruzando os braços por cima da mochila. — Talvez demore um pouco mais até ele cansar de brincar de casinha de novo.

Não era justo da minha parte, mas eu estava cansada. Como minha mãe conseguia continuar naquela situação? Ela não precisava dele. Era independente, inteligente, bonita e alegre. Teve vários namoros curtos durante todo esse tempo separada. Mesmo nenhum dando certo, nada foi tão destruidor quanto o relacionamento com meu pai. Quanto tempo ela precisaria para se recuperar dessa vez assim que ele decidisse que não estava mais funcionando?

A verdade é que o meu pai não tem responsabilidade afetiva nenhuma e nunca teve. Ele brinca com as pessoas enquanto for conveniente e se manda quando fica cansado. Não duvido que ele realmente goste da minha mãe, talvez até a ame. Mas não faz a mínima ideia do que isso quer dizer.

— Diana — censurou ela. — Você não tem o direito de falar assim comigo.

— Bom, vocês se acharam no direito de me fazer passar por isso três vezes. — O carro parou na entrada da garagem e minha mãe abriu o portão com o controle. Tirei o cinto e abri a porta do carro na mesma hora. — Quer saber? Façam o que quiser. Não tô nem aí.

Bati a porta do carro e corri antes que o portão se abrisse completamente. Escutei minha mãe me chamando, mas a última coisa que eu queria era ter que ouvir mais uma vez todos os motivos para voltarmos no tempo de novo. Eu tinha dezesseis anos, logo nem estaria mais em casa. Aquilo era problema deles. Eu já tinha os meus.

Entrei no meu quarto, tranquei a porta, joguei minha mochila na cama e liguei o aparelho de som alto o bastante para deixar claro que eu estaria incomunicável. Deitada, encarei o teto que havia pintado de preto no ano anterior. Deu um trabalho danado e quase que todos os móveis foram pintados juntos de tanta tinta que caía na minha tentativa desengonçada de fazer aquilo por conta própria, mas não me importei, sempre gostei de me virar sozinha.

Eu não era o tipo de adolescente que tinha o quarto cheio de coisas. Para falar a verdade, eu detestava ambientes muito cheios de objetos de decoração. Além de um armário de duas portas com um espelho grande, uma cama de solteiro sem almofadas e minha escrivaninha com apenas meu notebook, eu tinha algumas prateleiras com meus livros favoritos. Mas desde que ganhei um leitor digital no Natal venho abandonando o hábito de comprar livros físicos também. Quem entra no meu quarto pode até pensar que eu não sou uma pessoa de muita personalidade, mas a verdade é que tudo que me representa está dentro de mim. E não é como se muita gente estivesse autorizada a entrar no meu quarto... ou na minha mente. Nem mesmo minha mãe aparecia muito por aqui.

Eu não fazia questão de que as pessoas me conhecessem para valer.

Abri a mochila e peguei o caderno que a Dra. Bárbara havia me dado. Era um caderno normal, nada indicava que ali seria um depósito de segredos. Na primeira folha, havia um espaço para colocar o meu nome, e só. Peguei uma das minhas canetas que ficava jogada na mochila e encarei o espaço em branco com uma única linha, esperando por uma luz.

Eu não me sentia à vontade para colocar o meu nome ali, mas se eu deixasse em branco, seria como se também não tivesse o direito de usá-lo. Engoli em seco e lembrei de uma brincadeira que eu costumava fazer quando era criança. Poderia funcionar...

Escrevi lentamente a palavra de cinco letras e me senti um pouco ridícula. *Anaid*. Meu nome ao contrário. Pensei em riscar, esconder aquilo. Mas a quem eu queria enganar? Ninguém pode apagar nada sem deixar rastro.

Respirei fundo e decidi não fazer nada. Só eu poderia ler aquilo.

Eu estava segura.

Eu estava segura.

Se eu continuasse a repetir isso na minha mente, talvez me convencesse.

Escreva, havia dito a Dra. Bárbara.

Virei a página e fiz exatamente isso.

* * *

Oi, pai...

Nos últimos anos eu me peguei pensando no motivo.

Por quê?

Por que você não me escolheu?

Entendo que a sua relação com a mãe não tenha dado certo. É isso que acontece com os casais. Não é? Nunca fui de acreditar em relacionamentos. Para ser bem sincera... Em grande parte a culpa é sua. Mas... não é disso que quero falar agora.

O assunto é entre nós dois.

Mesmo depois da última separação, o escândalo que foi você trazer para dentro de casa uma garota de dezenove anos... Caramba, ela tinha quase a minha idade! O que estava passando pela sua cabeça?

Bom, mesmo depois de tudo, eu ainda esperava que você me escolhesse. Tentei chamar atenção. Tive a pontuação mais alta no último campeonato. Você lembra? É claro que não. Você não estava lá para me ver recebendo o troféu. Nem mesmo quando eu ganhei a medalha de primeiro lugar.

Eu desisti do nosso sonho.

Por sua causa.

Não fazia mais sentido. Eu precisava entender se fazia aquilo por você ou por mim. Ainda não descobri. Quem sabe as coisas ficam mais claras agora que você vai partir o coração da mãe de novo. É isso que você faz, não é? Talvez esse seja seu esporte favorito no final das contas.

Entrar na nossa vida para bagunçar tudo de novo.

Quer saber de uma coisa, pai?

Dessa vez eu não vou deixar.

2

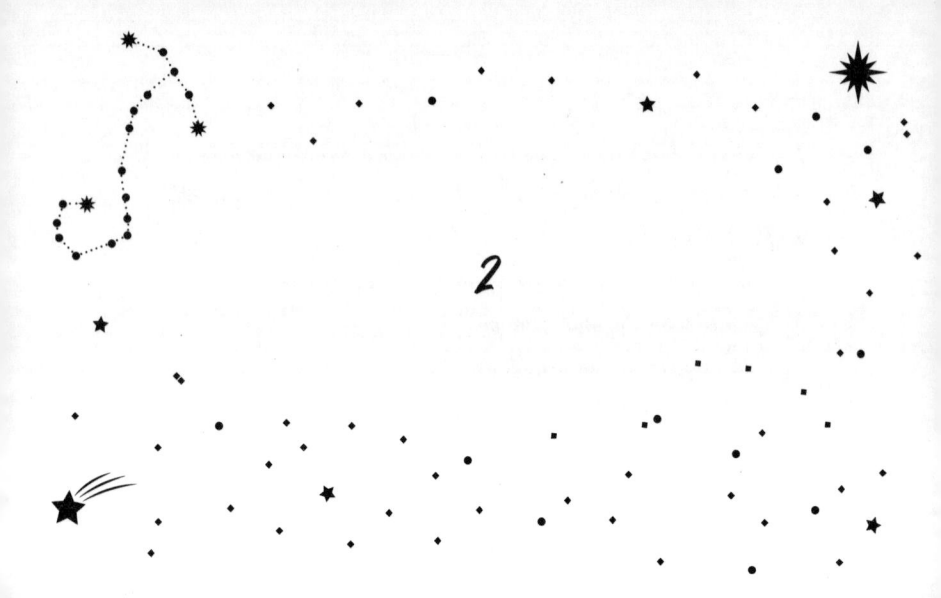

—Você deveria falar que gosta dele — disse Marcos assim que me viu encarar Diego. Estávamos esperando a aula começar na sombra de uma árvore que ficava no pátio do colégio. Várias pessoas andavam de um lado para o outro sussurrando fofocas, dando gargalhadas ou apenas correndo apressadas para entrar logo na sala de aula.

— Quem disse que eu gosto dele? — perguntei, sem desviar o olhar do meu alvo.

— Nem precisa, você está babando por ele há dias...

Errado. Eu estava babando por ele desde o ano passado, mas nunca fiz nada porque ele estava namorando. Fiquei sabendo do término quando encontrei ele sozinho no carnaval de Laguna. Mas só tive a confirmação depois que ele excluiu todas as fotos com o namorado, um jogador de basquete de outro colégio, no Instagram. O garoto fez o mesmo. Nem mesmo se seguiam mais. Foi logo depois do Carnaval, e a fofoca foi o assunto no colégio inteiro. Deve ser um saco ser conhecido o suficiente para que tudo que você faz vire assunto de conversa.

— Isso não quer dizer que eu gosto dele, só que eu quero dar uns pegas. — Pisquei para o meu amigo. — É diferente.

O que me atraía naquele rapaz era alguma coisa que eu não sabia explicar.

— E o Miguel?

— O que tem ele? — perguntei, me fazendo de boba, mas eu sabia que tipo de informação ele queria.

— Você não tava tipo... apaixonada por ele?

— Eu não estava *apaixonada* — respondi, séria. Aquele era um rolo que já tinha se estendido demais por pura conveniência. — Ele me mandou mensagem semana passada, mas eu parei de responder. — Marcos cruzou os braços esperando uma explicação minha. — Ai, muito apegado. Já estava em um patamar completamente diferente.

Meu amigo balançou a cabeça.

— Coitado...

Já havia desistido de tentar me convencer a ser mais maleável. Segundo ele, eu nunca namoraria ninguém se continuasse agindo desse jeito.

— Coitada de mim. Isso sim — rebati.

Marcos fez um sinal em direção ao Diego, que ainda conversava com seus amigos do basquete.

— Você vai ficar com ele, né?

Um sorriso malicioso se formou nos meus lábios.

— É claro — respondi.

O sinal tocou, mas esperei mais um pouco antes de ir para a sala. Dona Marlene, minha professora de matemática, sempre demorava para chegar, e eu tinha uma brecha para atrasar uns minutinhos.

Sabia que, a caminho das quadras, Diego passaria por mim. E foi exatamente isso que aconteceu. Escolhi o momento exato para olhar na direção dele, que olhava na minha.

Esperei.

Um, dois, três.

Um sorriso discreto.

Então peguei minha mochila e saí sem olhar para trás. Eu havia sido notada, agora seria questão de tempo.

Diego estava um ano na minha frente. O que quer dizer que ele se formaria no fim do ano. Ele foi o cara que chamou minha atenção desde o primeiro dia do ensino médio. Bom, ele chama a atenção de muitas garotas, pois está no time de basquete, é alto e forte. Deixou aparecer uma barba tímida no último verão e o cabelo crescer. Talvez eu já tenha sonhado em passar meus dedos naquele cabelo. Só talvez...

— Você não vale nada — disse Marcos assim que me alcançou na porta da sala.

Nada de Dona Marlene; eu estava salva.

— Ele ficou olhando?

— Se ficou olhando? Ele praticamente te secou da cabeça aos pés.

— Assim que eu gosto — respondi, sorrindo, e me sentei, deixando a mochila em cima da mesa.

— Tenho que aprender uns truques com você — sussurrou meu amigo, que se sentava na mesa logo atrás de mim desde o primeiro ano.

— Tem mesmo — concordei e me virei rapidamente assim que ouvi a voz da Dona Marlene.

— Hoje é um ótimo dia para aprender logaritmo — cantarolou, entrando na sala, como se estivesse convidando todo mundo para comer brigadeiro.

* * *

No final da aula de sexta-feira, eu demorei um pouco mais para arrumar minhas coisas antes de ir embora. Queria fazer um caminho diferente, sozinha, passando pela quadra de basquete para ver o final do treino do Diego. Os jogos municipais começariam em duas semanas e o time estava focado em defender o título.

Quando tirei o cadeado da minha bicicleta, já não tinha mais nenhuma outra no bicicletário ao lado do prédio. Atravessei o pátio inteiro, acenei para Olga, a servente com quem eu sempre batia papo no intervalo durante o ano anterior, e fui até a quadra de basquete. Havia uma saída por ali, e era esse caminho mais comprido, porém muito mais bem frequentado, que eu queria pegar.

Diego era a estrela do time. Foi o cestinha do campeonato regional e tinha tudo para ser o maior pontuador no próximo campeonato também. Assim que cheguei, um aluno do primeiro ano, que provavelmente assumiria quando Diego se formasse, driblou dois caras e levantou a bola para Diego, que só teve que fazer o ponto. Não vi a finalização, apenas escutei a comemoração, porque Miguel me chamou na hora. Ele fazia parte da equipe de atletismo e devia estar por lá treinando também. Foi por causa dele que comecei a correr. Eu deveria agradecê-lo, mas a verdade é que não aguentava mais nem ver a cara dele.

— Diana — ele chamou de novo, depois que eu fingi não escutar.

Eita, menino persistente.

Dei um sorriso rápido de reconhecimento e voltei a olhar para quadra de basquete. A partida havia acabado e os garotos bebiam água e conversavam.

— Você não me respondeu — disse Miguel. — Aconteceu alguma coisa?

— Hummm. — Mordi a língua. Eu sabia que precisava dar um fim, sem magoá-lo. Mas enrolar seria pior ainda. — Acho que não estou mais a fim.

Foi como se eu tivesse dado um tapa na cara dele. Miguel definitivamente não esperava por isso. Engoliu em seco e passou a mão pelos cabelos, que começavam a crescer. Miguel havia raspado a cabeça no começo de abril. Eu lembro muito bem porque ele me enviou uma foto perguntando o que eu achava da ideia. Respondi que tinha gostado, e tinha mesmo.

— Hum... ok. — Miguel balançou a cabeça e deu um passo para trás. — Beleza. A gente se vê.

Então se virou e voltou para a quadra de atletismo com a cabeça baixa.

Havia sido mais fácil do que eu imaginava. Eu não gostava de fazer isso, mas se tem uma lição que aprendi foi que é preciso acabar logo com o que não está dando certo antes de começar qualquer outra coisa. Ou muitas pessoas podem se machucar no caminho.

Obrigada, pai, pelo ensinamento. Mesmo que você não faça isso.

A conversa com Miguel acabou me distraindo, e quando ele saiu não havia mais ninguém na quadra de basquete.

— Merda — murmurei.

Coloquei os fones de ouvido, ajeitei a mochila nas costas e comecei a pedalar.

3

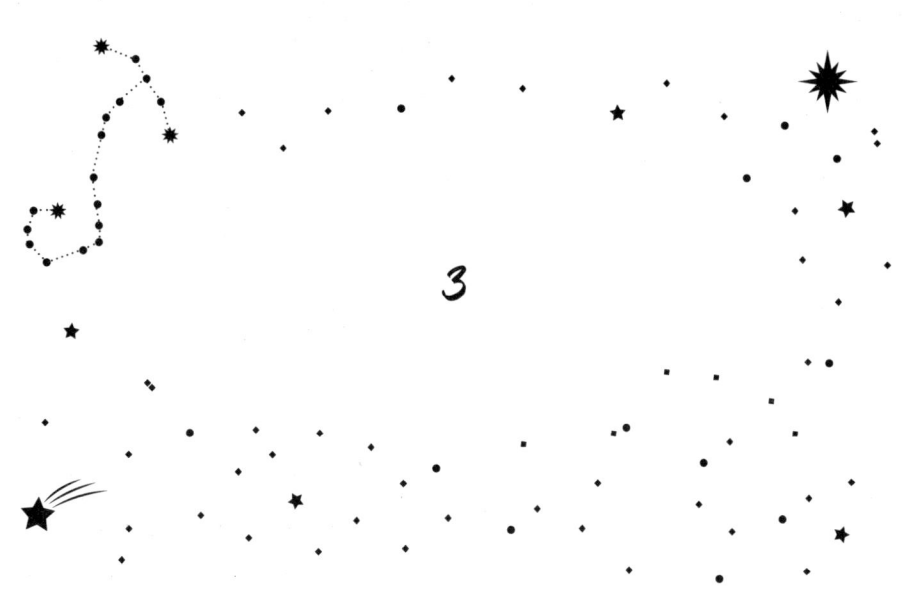

— Como estão as aulas? — meu pai perguntou sentado na ponta da mesa de jantar com a segurança de quem sempre esteve ali.

O único problema era que a última vez em que ele tinha feito isso fazia três anos e meio, uma semana depois do meu aniversário. No dia seguinte, ele foi embora.

— Tudo bem — respondi, enrolando o espaguete no garfo.

A comida estava ótima, mas eu engolia com dificuldade. Minha relação com meu pai nunca mais tinha sido a mesma. É difícil voltar a acreditar em quem traiu sua confiança.

"É entre sua mãe e eu", ele havia me dito depois de colocar a mala no carro. Apesar do calor que fazia naquela tarde de novembro, eu estava com os braços ao redor do corpo em uma tentativa de me proteger. Meu pai se abaixou e olhou nos meus olhos enquanto segurava meus ombros. "Nada vai mudar entre a gente."

Eu acreditei nele. Mas não deveria.

Tudo mudou.

Em duas semanas, ele começou a postar fotos com aquela nova namorada. As ligações eram a cada quinze dias, com tentativas frustradas de me convencer a passar um final de semana com eles na praia.

A última vez em que tive qualquer esperança de que meu pai ainda fosse o mesmo foi quando ele prometeu que me veria na final do campeonato regional de vôlei do ano passado. Ele não apareceu. Tinha sido a última chance.

Desde então, eu não jogo mais vôlei.

O treinador, Binho, ficou bastante decepcionado. Foi ele o responsável por me levar para a Escola de Ensino Médio Anita Garibaldi quando me formei no fundamental. *Ela é uma promessa do vôlei*, meu pai gostava de se gabar, mas desisti no primeiro ano. Quando as pessoas me perguntavam, eu dizia que estava cansada. Não tinha interesse em ser atleta, era apenas um passatempo. Não era verdade. Ser jogadora sempre foi o meu primeiro plano. As Olimpíadas? O meu sonho.

— E o vôlei? — meu pai fez uma nova tentativa e, em seguida, tomou lentamente um gole do vinho.

Encarei minha mãe e depois voltei a prestar atenção no meu prato.

— Ela trocou de esporte, lembra? — Minha mãe respondeu por mim, a mão acariciando de leve o braço do meu pai. — Agora está na corrida.

Eu ia vomitar assistindo a tudo aquilo.

— Ah, é? — Ele tentou parecer interessado. — Quando começa o campeonato? Quero ir te ver.

Joguei os talheres no prato e afastei a cadeira.

— Tarde demais, pai — respondi. — O *campeonato* foi no ano passado. E você não estava lá.

— Diana... — Minha mãe tentou me acalmar.

— Tarde demais — repeti, dessa vez para minha mãe.

Então saí e fui para o meu quarto. Eles que apreciassem o teatro que estavam encenando. Nunca fui uma boa atriz.

Oi, mãe!

Espero que você não esteja lendo este diário depois de vasculhar minhas coisas. Temos um acordo silencioso de privacidade, mas é isso que as mães acabam fazendo, não é?

Eu te amo muito. Mas nunca te entendi.

Nunca entendi como uma mulher tão forte, tão inteligente, tão... tudo consegue cair em um ciclo infinito desses. Como consegue dar tantas chances? É um carma de vidas passadas, só pode. Não existe explicação lógica.

Ou então meu pai é mesmo bom de cama.

Eca!

Eu não deveria ter pensado nisso.

Mas lembra do Júlio? O professor? Ele te amava, mãe. Te tratava como uma princesa. Do jeito que você sempre deveria ser tratada. Não entendi até hoje porque não deu certo.

"Não estava mais funcionando", você me disse.

Acho que é uma desculpa meio covarde para não dizer que não queria mais ver a pessoa na sua frente. Hoje eu tive que dispensar um cara também. Não foi fácil, mas pelo menos eu disse a verdade.

Dizer a verdade é bom.

Muitas vezes a pior mentira é a que se conta para si mesma.

4

Nathaly: Casa do Sítio. Hoje. 20h.

Foi a mensagem que li da minha prima assim que acordei no sábado. Ela havia me enviado de madrugada, provavelmente bêbada em alguma festa. Nathaly completara dezoito anos em março e desde então não passava um final de semana sem bater ponto nas baladas para maiores. Ela estudava no mesmo colégio que eu, mas estava no último ano. Desde seu aniversário, dizia que não havia mais homens para ela no ensino médio. Seu foco tinha virado os caras da faculdade.

Sinceramente, não sei como ela conseguia passar a perna nos meus tios. Bom, as notas boas ajudavam bastante.

Diana: O que vai ter lá?

Pedi mais detalhes, mas sabia que só receberia qualquer sinal de fumaça perto do meio-dia. Eram apenas sete da manhã, ela provavelmente havia acabado de dormir.

Coloquei minha roupa de corrida e meu tênis. Dos meus fones de ouvido saía qualquer música eletrônica aleatória de uma playlist especial para correr que eu havia colocado para tocar. Eu só precisava de uma melodia para marcar meu ritmo de passadas, não me importava com a letra.

Respirei fundo e saí de casa. O carro do meu pai ainda estava na entrada da garagem. Só me restava torcer para que ele já tivesse ido embora quando eu voltasse. Não estava a fim de brincar de filha com um cara que não se importa.

Nunca gostei muito de correr até realmente precisar. Eu achava que não tinha fôlego suficiente, começava a sentir uma dor embaixo das costelas e pensava que ia morrer.

Tudo mudou quando eu conheci o Miguel durante a festa junina do colégio. Depois de assistir aos alunos do terceiro ano dançarem a quadrilha remixada com as músicas do momento, resolvi dar uma bisbilhotada nas barraquinhas. Comprei três fichas para participar do tiro ao alvo. O primeiro tiro passou bem longe. O segundo pegou a primeira linha do alvo. E antes que eu arremessasse o terceiro, Miguel apareceu ao meu lado. Bom, um garoto estranho apareceu ao meu lado.

— Se acertar pelo menos nos cinquenta pontos, eu te pago uma maçã do amor.

Olhei de canto de olho, mas não concordei explicitamente com o desafio. Me preparei. Meu sangue competitivo fervendo nas veias. Eu precisava acertar. Só pela satisfação de ganhar.

Respirei fundo. Contei até três e arremessei.

Sessenta pontos.

Virei na direção do Miguel, cruzei os braços e levantei as sobrancelhas. Ele parecia bastante impressionado e acabou batendo palmas e sorrindo, totalmente à vontade. Será que ele era do nosso colégio? Certamente não era do terceiro ano, porque não estava de caipira como o pessoal da quadrilha. As bochechas rosadas de frio davam um charme.

— O que eu ganho agora que fiz mais pontos do que o desafio? — perguntei.

Ele olhou em volta, conferindo as outras barracas e deu de ombros.

— A maçã do amor tá garantida, os outros dez pontos ficam de crédito para você me cobrar depois.

— Quando eu quiser?

— Acha que vou me arrepender de te dar crédito?

— Acho — respondi. — Você está por sua conta e risco.

— Aqui o prêmio. — A professora do terceiro ano que cuidava da barraca de tiro ao alvo me ofereceu um ursinho de pelúcia roxo. Me segurei para não negar; eu não curtia ursinhos de pelúcia. Ainda por cima, eu tinha rinite. Mas acabei pegando a bolinha de pelos das mãos dela. Teria que arrumar um destino para esse urso antes de chegar em casa.

Mostrei triunfante o meu prêmio para o garoto e depois apontei para a barraca de maçã do amor.

— Agora eu quero o prêmio que realmente vale a pena.

Ele deu uma risada e deixou o caminho livre para que eu fosse na frente. Eu conhecia esse truque. Ele queria dar uma boa conferida na minha bunda. Por sorte, eu havia escolhido uma calça preta que me favorecia. Nunca se sabe!

— A propósito, meu nome é Miguel — falou logo depois de comprar duas maçãs do amor.

— Diana.

— Eu sei. — Meu rosto deve ter demonstrado minha confusão, porque ele logo resolveu se explicar. — Você era do time de vôlei, eu sou do atletismo. A gente meio que treinava no mesmo horário, e eu ouvi o Binho chamando seu nome. Nunca esqueci.

Eu não sabia se achava estranho ou fofo. Escolhi desconfiar, como sempre, mesmo que ele tivesse aquelas bochechas que davam vontade de apertar. Confesso que eu também era dessas que gostava de descobrir tudo sobre alguém, só que era mais esperta e não deixava a pessoa saber disso.

Pegamos as maçãs, e eu tentei dar uma mordida, mas não foi muito inteligente da minha parte. Acabei sujando o rosto todo. Miguel se ofereceu para limpar, e eu deixei. Quando o momento esquisito de ter um cara que não conheço limpando o meu queixo e o silêncio constrangedor passaram, eu resolvi voltar para um terreno mais seguro.

— Corrida, é? Sempre acho que vou morrer quando corro no aquecimento — falei, e logo em seguida me corrigi. — Ou melhor, corria no aquecimento. Eu saí do time.

Ele assentiu, e imaginei que ele estava dizendo que já sabia que eu não estava mais treinando.

— É questão de treino e respiração — explicou. — Quando você acostuma seu corpo ao ritmo, não consegue parar. É viciante.

Olhei desconfiada, e seu rosto se iluminou.

— Eu posso te ensinar a correr pra compensar os pontos que sobraram.

— Achei que eu poderia escolher o que eu queria com meu crédito — provoquei.

— Claro. — Sorriu. — Era só uma sugestão. Mas você que decide.

Pensei por um tempo e resolvi arriscar. Isso agradaria a Dra. Bárbara, que insistia para que eu voltasse a me exercitar para aliviar minhas frustrações.

— Tá bom. Pode funcionar.

Combinamos de nos encontrar no Parque do Centro na manhã seguinte e desde então eu não parei de correr. Já o Miguel... Ele confundiu as coisas. Achou que estávamos mais envolvidos do que de fato estávamos.

Enrolar essa *coisa* que a gente tinha por mais de oito meses também não facilitou as coisas para ele.

Pelo menos eu havia aprendido a correr.

Obrigada, Miguel.

* * *

Como esperado, minha prima só me respondeu depois do meio-dia. Ela explicou que era um churrasco do terceiro ano que ela havia concordado em fazer no sítio dos pais dela porque a alternativa era o salão de festas do condomínio de outro garoto. Ela não ia aguentar uma festa tão chata assim. *Pelo menos no sítio tem piscina*, argumentou.

O que eu não entendi era onde eu entrava nessa história.

Nathaly: Alguém precisa me distrair! Não posso
levar nenhum rolo universitário meu porque a galera
me mataria. Já minha prima do segundo ano é
completamente inofensiva.

Diana: Hum, obrigada? Mas... não sei. Parece estranho.

Nathaly: Vamoooooss! Até que tem uns caras
promissores na minha sala. Quem sabe você se
interessa por alguém.

Diana: Quem disse que quero pegar alguém?

Nathaly: Eu te conheço.

E conhecia mesmo. Mordi o lábio inferior e resolvi perguntar o que realmente me interessava nessa festa.

Diana: O Diego vai?

Nathaly: Eu sabiaaaa! É claro que vai. Ele e o time todo de basquete.

Diana: Não era uma festa do terceirão?

Nathaly: Desde que ganharam todos aqueles campeonatos, o time de basquete pode ir a qualquer lugar, querida.

Diana: Tá bom. Vou pensar.

Nathaly: Não se faz de difícil. Passo pra te pegar às 18h.

Diana: VOCÊ vai dirigir?

Nathaly: É claro! Ou tá a fim de ir andando?

Diana: Tô a fim de sobreviver.

Nathaly: Querida, sou tão boa motorista quanto boa cupido. Te vejo daqui a pouco. Bjs.

Bom, eu não sabia o que era pior. Ela dirigindo ou bancando a cupido com Diego para mim. Mesmo sem nem ter saído do quarto eu já estava morrendo de vergonha.

Eu não era muito de festas, então realmente não sabia o que esperar de uma festa dos formandos. Mas achei que pelo menos teria um pouco mais de animação. A música estava alta, um funk qualquer saía das caixas de som próximas à piscina, mas tirando as amigas da minha prima, não tinha ninguém dançando. Eram vários grupinhos conversando ou só observando os outros. Nenhum sinal do time de basquete.

— A gente precisa animar um pouco as coisas! — gritou Nathaly, trazendo uma garrafa de tequila. — Quem vai ser o primeiro?

— A anfitriã começa! — respondeu um garoto que não vi quem era.

Nathaly deu de ombros e despejou um pouco da bebida diretamente na boca. Fez uma cara feia e depois sorriu. Foi até um grupo de rapazes, e eles não resistiram, cada um tomou um gole. Tentei me distrair com o celular, mas estava fora de serviço e a internet não pegava muito bem na piscina.

— Ah, não pensa que vai fugir, mocinha! — Minha prima chegou do meu lado e ofereceu a garrafa.

Neguei com a cabeça. Eu não era muito fã de bebida alcoólica. Por mais incrível que parecesse, eu seguia as regras. Nada de álcool antes dos dezoito.

— Ahhh, qual é! Você tá segura aqui!

Mas minha prima não podia garantir segurança nenhuma. Era questão de tempo até ela própria estar completamente bêbada.

— Não, Nathaly, obrigada!

— Que chata — resmungou ela.

— Eu aceito — disse Diego quando chegou acompanhado dos amigos do time do basquete. — Tô precisando de algo pra relaxar.

Fiquei agitada. Nunca havia ficado tão próxima dele. Será que eu estava... nervosa?

Nathaly levantou as sobrancelhas para mim. Diego deve ter achado que ela só estava falando "Viu, só, chata?", mas eu sabia que ela estava destacando que ele *queria algo para relaxar*.

Depois que ele tomou uma dose da tequila, minha prima começou a distribuir para o resto do time.

— Fica tranquila — Diego sussurrou para mim. — Os caras vão tomar tudo e ela não vai mais insistir para que você beba.

Deixei escapar uma risada.

— Ela com certeza não tem só essa garrafa — destaquei, sem completar que mesmo assim eu estaria a salvo. Nathaly não ia interromper meu papo com Diego.

Ele olhou preocupado para os amigos.

— Ninguém vai acordar amanhã para treinar.

Se fosse ele, eu também me preocuparia. Nathaly era um perigo e já tinha todos os caras aos seus pés.

— Amanhã é domingo — lembrei. — Não precisa ser tão exigente.

Ele balançou a cabeça.

— Eu treino todos os dias desde que comecei a jogar. Combinei com o time de pegar mais firme este ano.

Olhamos para o grupo de jogadores que agora se misturava com outras garotas do terceiro ano. As risadas estavam cada vez mais altas. Não dava pra saber quem queria chamar mais atenção. Os caras ou as garotas.

— Relaxa – dei de ombros. — Deixa eles aproveitarem, é só um final de semana.

Resolvi me sentar na beira da piscina, e, para minha surpresa, Diego fez o mesmo.

— Você não é do terceiro ano, né?

Balancei a cabeça e apontei para Nathaly.

— Sou prima dela.

— Entendi. Nunca tinha te visto em nenhuma reunião dos formandos, só no colégio.

É claro que viu.

— É, eu já te vi por lá também — declarei, mexendo as pernas na água gelada.

Ele sorriu. O sorriso dele era incrível. Enorme e cativante. Daqueles que faziam a gente sorrir também. Eu tive que me segurar para não parecer uma boba encarando a sua boca. Mesmo que a minha vontade fosse começar a beijá-lo ali mesmo, na frente de todo mundo.

Diego umedeceu os lábios e me encarou de volta. Desconfiei de que estivesse pensando o mesmo que eu, mas o clima foi interrompido por gritos de "Vira! Vira! Vira!", que vinham de onde estava a bebida. Um dos jogadores estava sendo desafiado a tomar toda a tequila restante da garrafa de uma só vez.

— Merda, tenho que tirar o Léo de lá — disse Diego antes de se levantar e partir em direção ao grupo. Até que deu meia-volta e se aproximou de mim novamente. — A propósito, eu sou o Diego.

Minha vontade era responder que eu já sabia.

— Diana.

Ele levantou a sobrancelha.

— Nossos nomes combinam — comentou. Era verdade, e eu nem tinha reparado. Não respondi nada. — Deve ser, tipo... o destino.

— Estamos destinados a quê?

Ele piscou para mim e abriu mais um dos seus sorrisos contagiantes.

— Isso a gente vai descobrir.

Então foi se juntar ao time de basquete, não chegou a tempo de tirar a bebida das mãos do Léo, mas acabou com a brincadeira antes que fosse longe demais. Não voltamos a conversar pelo resto da noite, mas eu peguei ele me observando algumas vezes, sem nem tentar disfarçar, o que me fazia rir. Eu não conseguia entendê-lo, parecia que estávamos numa espécie de jogo. Isso era o tipo de coisa que *eu* fazia, sempre gostei de deixar os caras confusos. Mas era bem estranho ser a pessoa que fica confusa.

Durante a semana, a dinâmica continuou a mesma. Nos víamos no colégio, mas não trocávamos nenhuma palavra. Ele me encarava e eu fazia o mesmo. Não voltei a passar pela quadra de basquete. Precisava de uma nova estratégia. Se ele não ia falar comigo no colégio, eu precisava encontrar outra maneira de fazer isso acontecer.

No sábado seguinte, deitada na cama, abri pela centésima vez seu perfil no Instagram. Diego não era de postar muito. Sua última foto tinha sido publicada no ano novo. Tirando isso, ele só postava *stories*, mas eu não o seguia, e se visualizasse ficaria na cara que eu estava xeretando. A curiosidade estava me matando.

Será que eu deveria segui-lo? Mordi o lábio, indecisa. O que poderia acontecer? Ele me seguir de volta ou ignorar completamente minha existência. De bônus, eu poderia saber tudo que ele postava. Ponderei por alguns minutos, mas então respirei fundo e cliquei em seguir. Eu não tinha nada a perder.

Nada havia mudado, é claro. Mas agora eu tinha carta branca para ver os *stories* sem parecer uma *stalker*. Bufei de frustração quando percebi que tinha apenas uma postagem do dia anterior:

a foto dos seus tênis de basquete na quadra com a legenda "último treino antes do campeonato".

Desisti dos *stories* e foquei no *feed*. Conferi mais uma vez cada uma das quinze fotos disponíveis, as legendas e comentários. Dei uma olhada nas marcações, mas não havia nada que eu já não soubesse.

Queria partir para minha segunda etapa de investigação, o Google, mas não fazia ideia do seu nome completo. No Instagram, não consegui qualquer pista porque ele usava apenas as iniciais G e B depois do seu nome. Eu precisava urgentemente ocupar a minha cabeça, pois estava começando a ficar obcecada.

Duas batidas me trouxeram de volta à realidade e minha mãe abriu a porta.

— Estou indo no mercado, quer alguma coisa?

Balancei a cabeça, negando. Minha mãe nunca perguntava se eu queria alguma coisa no mercado, mas desde que meus pais tinham voltado ela vinha tentando qualquer tipo de contato.

— Acho que vou fazer pizza pra gente hoje. O que acha?

— Pra gente quem?

— Eu e você — respondeu com um sorriso. — Noite das garotas, como nos velhos tempos.

O que ela não disse era que a gente comia pizza quando meu pai ia "viajar a trabalho". "Noite das garotas", ela cantarolava, nervosa. No começo era divertido, até eu entender que ela tentava não pensar no que o meu pai realmente estava fazendo.

— Tá bom — respondi e voltei a encarar o teto.

Ela fechou a porta sem que eu soubesse sua expressão. Sei que estou sendo um pouco mais dura do que deveria, mas não é fácil ver tudo acontecendo de novo, e de novo, e de novo, em ciclos infinitos. Quando essa merda toda ia acabar?

Levei um susto quando meu celular anunciou uma nova notificação. Diego me seguiu de volta e curtiu três fotos do meu *feed*.

— Entendi o recado — murmurei para o celular.

Abri novamente a foto do treino e respondi:

Diana: Só aceito a vitória, hein

Diego: Vou precisar de uma torcida especial pra dar sorte.

Visualizei, mas não respondi. Em seguida, ele mandou uma nova mensagem:

Diego: Te vejo lá na segunda-feira?

Pensei por alguns segundos. Não adiantava ser muito misteriosa com ele. A dinâmica era outra. Então fui direta.

Diana: Sim.

Ele visualizou, mas não respondeu. Quem ele pensava que era para usar as mesmas armas que eu?

— Esse cara ainda vai me deixar loucaaaaa. — Peguei o travesseiro e pressionei no meu rosto, abafando meu grito de agonia.

A quem eu queria enganar? Eu estava gostando de brincar.

5

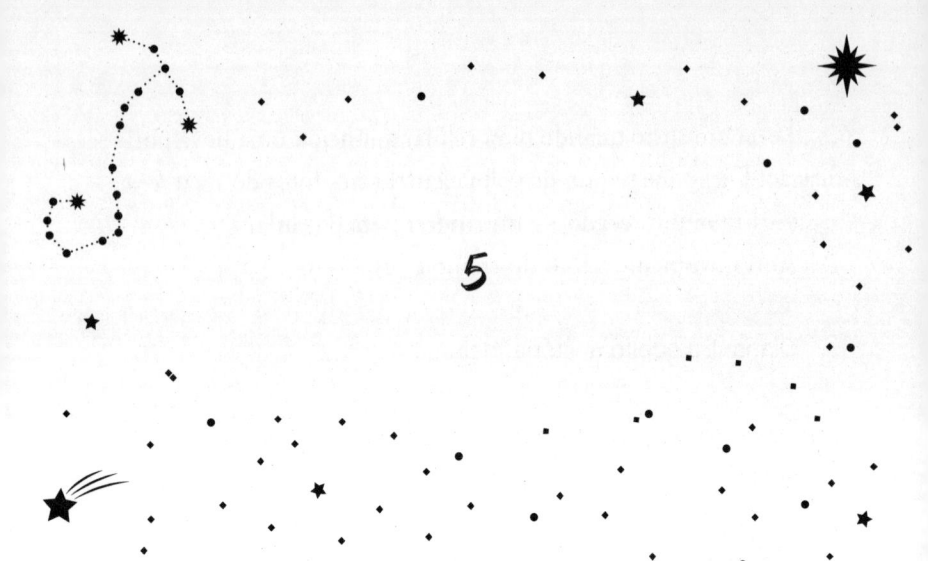

— Só você para me arrastar para um jogo de basquete — comentou Marcos quando chegamos ao Ginásio Municipal faltando cinco minutos para a partida começar. — Eu poderia passar meu tempo jogando uma partida de Lolzinho.

Naquela tarde de segunda-feira aconteceriam ao menos quatro jogos. Dois de basquete e dois de futsal. Para a alegria de Marcos, o nosso jogo era o primeiro e ele não precisaria ficar até muito tarde.

Eu não conseguia esconder meu nervosismo em ver Diego jogar. Principalmente porque ele sabia que eu estaria lá. É claro que ele poderia ter feito isso com várias outras pessoas também. Analisei a torcida e todas aquelas garotas e garotos poderiam estar lá por causa dele.

Meu estômago só se acalmou quando os times entraram na quadra para se aquecer. Diego vasculhou a torcida com os olhos e sorriu quando me achou. Eu me segurei para não acenar descontroladamente e apenas sorri de volta. *Ok, agora eu posso me acalmar.* Esfreguei as mãos que não paravam de suar na calça jeans e respirei fundo. Eu precisaria correr uns dez quilômetros para colocar meus pensamentos em ordem depois daquela tarde.

O jogo foi como esperado. O nosso time era muito superior, e Diego marcou quarenta e dois pontos. O placar final foi 70 x 33. Sem chance para o time adversário. A próxima partida seria apenas no dia seguinte.

— Parabéns, cestinha! — falei quando encontrei Diego na saída da quadra.

Ele sorriu em agradecimento.

— Obrigado. E aí, foi muito entediante ter que me assistir?

— Um pouco — respondi, brincando. — Não vejo muita graça em esportes.

Eu não queria explicar para um garoto que eu havia acabado de conhecer que na realidade eu já tinha sido apaixonada por todo tipo de esporte por causa do meu pai. Acordava cedo ou dormia tarde nos finais de semana para assistir Fórmula 1. Não perdia um jogo do Vasco. E até frequentava o estádio para ver o time de futebol da cidade jogar a série B do campeonato estadual. Mas depois de tudo o que aconteceu, eu não conseguia mais nem torcer pelo Brasil na Copa do Mundo. Foi por isso que apenas respondi o que os caras na maior parte das vezes já esperam de nós, "garotas".

Ele não pareceu se surpreender. Já devia ter escutado isso diversas vezes.

— Então por que veio?

— Porque eu queria dar uns pegas em um jogador em especial, mas ele não me dá bola. Acredita?

Diego encena uma cara de chocado.

— É assim que você me vê? Um simples corpo pra dar *uns pegas*?

— Quem disse que eu estava falando de você?

Ele deixou escapar uma risada e jogou a camisa do jogo em cima de mim. Peguei ela no ar antes que atingisse meu rosto. Eu bem que queria saber o cheiro dele, mas estava dispensando dar de cara com um pedaço de pano ensopado de suor.

— Mandou bem, Diego — disse alguém atrás de mim. Achei que era algum amigo dele, mas sua expressão leve sumiu assim que olhou sobre os meus ombros. Eu me virei para saber quem tinha deixado Diego assim e tomei um susto. Era o ex-namorado.

Fazia sentido, é claro. Ele também jogava basquete e, como estava de uniforme, provavelmente jogaria a segunda partida do dia.

Que climão...

— Valeu – disse para o ex, e depois olhou para mim: — Preciso tomar um banho. Quer dar uma volta depois?

— Pode ser — respondi, sem toda a confiança de alguns segundos atrás.

— Certo. Te encontro em vinte minutos.

Pegou a camiseta das minhas mãos, piscou e foi em direção ao vestiário. Quando olhei para trás, o ex também não estava mais ali.

Avisei Marcos que esperaria por Diego, e ele pareceu aliviado por finalmente ter cumprido todos os requisitos de um bom amigo.

— Não precisa me dar muitos detalhes depois. — Meu melhor amigo não era muito fã dos meus relatos minuciosos. — Só me avisa se pegar ou não. Te vejo amanhã na aula.

Era engraçado como a dinâmica da nossa amizade funcionava, éramos opostos, mas isso simplesmente se encaixava muito bem, como se nos completássemos. Viramos amigos na primeira semana de aula no primeiro ano. Desde então fico despejando minhas frustrações amorosas em Marcos, e ele é extremamente paciente. Ao contrário de todos os outros caras héteros que eu conheço, Marcos não fica se gabando das conquistas ou querendo bancar o machão. Ele já me disse algumas vezes que precisa de uma conexão muito forte com as garotas e não consegue pensar nelas apenas para sexo.

Bom, se eram garotas, no plural, eu não sei. A única pessoa por quem ele admitiu ter uma queda era minha prima, Nathaly. Mas, assim como eu, ela tem muita energia sexual e isso o intimida completamente. O que fez com que ele nunca tivesse coragem de tomar a iniciativa.

O segundo jogo da tarde já havia começado quando Diego voltou do vestiário. Ele tinha trocado o uniforme suado por uma bermuda comprida e uma camiseta larga. Quando se aproximou de mim, senti o cheiro de sabonete.

— E aí, o que vamos fazer? — perguntei, como se não quisesse agarrá-lo ali mesmo.

— Tô com vontade de tomar açaí, bora?

Concordei.

O melhor açaí da cidade ficava próximo do ginásio, então não precisaríamos andar muito. Como Diego não fazia o tipo conversador, resolvi puxar papo no caminho.

— E aí, esse negócio de jogar basquete é sério? Você parece ter bastante talento.

— Seríssimo — respondeu, colocando as mãos no bolso. — É minha garantia de futuro.

— Nada de faculdade?

— Talvez. Tenho uma proposta de bolsa pra Universidade de Pedra Azul. Mas ainda não sei se vou tentar conciliar as duas coisas ou focar em entrar em um time profissional logo.

— Decisão difícil.

— Pra caramba. E você?

Dei de ombros.

— Não sei. Ainda estou no segundo ano. Achei que sabia o que queria do futuro, mas as coisas mudaram recentemente.

— Algum término difícil?

— Não. — Dei uma risada. — Não sou do tipo que namora. — Essa declaração pareceu surpreendê-lo. — Só uma questão de família.

— Família é um assunto complicado mesmo. — Ele indicou uma mesa para a gente se sentar. — Sei bem.

Depois que fizemos nossos pedidos, resolvi começar a investigar o que eu não consegui descobrir pelas redes sociais e que havia me deixado com uma pulga atrás da orelha no ginásio.

— E você, algum "término difícil"?

Ele uniu as mãos em cima da mesa e pensou um pouco sobre o assunto.

— Pode se dizer que sim. Terminei um namoro há alguns meses com o cara que você viu mais cedo depois do jogo. — Ele brincou distraidamente com a plaquinha que indicava que aquela era a mesa sete. — Mas são águas passadas. Quando eu coloco um ponto final, é pra sempre.

— Uhhh — brinquei. — Sou meio assim também. Espera aí, qual o seu signo?

— Hum... — Ele pareceu em dúvida se me contava ou não. — Promete que não vai fugir?

— Só se for ariano — falei, tentando ficar séria.

Ele poderia até achar que eu estava brincando, mas era a mais pura verdade.

— Ufa, não! Meu ex era ariano, te entendo completamente.

Ok, eu estava começando a ficar desconfortável com tanta menção ao ex.

— Então? — insisti.

— Escorpião.

— Ah, eu também!

— Certo, agora não sei se isso é bom ou ruim. Porque geralmente as pessoas não gostam quando eu falo que sou escorpiano.

Dou de ombros.

— As pessoas só precisam ficar com medo se fizerem alguma coisa de errado. Somos anjos com quem nos trata bem.

— Verdade.

— De qual dia? — perguntei.

A minha intenção era fazer o mapa astral completo quando chegasse em casa, mas não tive coragem de perguntar o horário nem local de nascimento. Por ser escorpiano, ele poderia até entender, mas eu não queria correr o risco de bancar a louca dos signos.

— 27 de outubro.

— Ah, é um escorpiano mais de boa. Os de outubro têm uma influência forte de libra.

— E você, é de qual dia?

— 10 de novembro.

— Devo me preocupar?

O atendente trouxe nossos potes de açaí. Levei uma colher à boca antes de responder.

— Talvez.

— Gostei — respondeu ele.

No final da tarde voltamos para o ginásio, onde eu havia deixado minha bicicleta, mas não dava para simplesmente voltar para casa depois de tudo. Eu precisava aproveitar a chance. Arrastei Diego para a parte de trás do ginásio, onde não passavam carros nem pedestres. Era uma saída de serviço que eu rezei que não fosse utilizada nos próximos trinta minutos.

Diego pareceu entender o recado, pois me empurrou para a parede com as mãos na minha cintura e começou a me beijar como se fosse a última coisa que pudesse fazer antes do fim do mundo. Ah, meu Deus, era isso que eu não parava de pensar nas últimas semanas. Para falar a verdade, foi muito melhor do que meus pensamentos. Ele sabia exatamente o que fazer com as mãos no momento certo e mordeu meus lábios de leve, sorrindo, assim que percebeu que eu estava gostando. Beijou meu pescoço, afastou a alça da minha blusa e beijou meu ombro. Afastei as pernas por um simples instinto e o movimento fez com que ele apertasse ainda mais o corpo contra o meu. Eu não sei quanto tempo ficamos ali, mas eu simplesmente não queria que ele parasse.

— Caralho! — Ele se afastou em um rompante um pouco atordoado.

Eu entendia exatamente o sentimento, porque tinha certeza de que se não fosse pela parede do ginásio, eu não conseguiria ficar em pé.

— Caralho! — ele repetiu olhando para mim, como se eu fosse algum problema de matemática que ele não conseguia entender.

Um sorriso malicioso invadiu meus lábios e ele balançou a cabeça.

— Não me olha desse jeito, por favor.

Fiz a melhor expressão de inocente que consegui.

— Não sei do que você está falando — disse, enquanto colocava a alça da minha blusa no lugar.

Diego se aproximou novamente e, com delicadeza, segurou meu rosto.

— Ah, sabe. Sabe, sim. — Seus lábios tocaram o meu de leve. — Mas é melhor a gente parar por aqui agora. Eu preciso ir.

Ele já havia me falado que precisava chegar cedo em casa para estudar para uma prova que teria na manhã seguinte. Segundo ele, não adiantava nada ser bom no basquete se não conseguisse se formar no ensino médio.

— Promete que isso vai continuar em algum momento... — pedi.

— Ah vai! — Ele sorriu, seus olhos brilhando. — Com certeza vai.

* * *

Depois daquela tarde no fim de maio passamos a conversar todos os dias. Com direito a áudio de bom-dia e boa-noite, fotos de cachorro e do jantar. No colégio era como se nada tivesse acontecido. Nos cumprimentávamos, mas não havia qualquer demonstração de afeto em público. Eu preferia assim. Nunca gostei desse tipo de exposição, andar de mãos dadas e coisas do tipo. Era um segredo nosso. Intenso e meio perigoso. Não deixar ninguém saber tornava as coisas ainda mais interessantes. A gente sempre dava um jeito de se encontrar depois de algum treino do time. Embaixo da arquibancada, na salinha apertada que funcionava como depósito de produtos de limpeza, ou entre as árvores em um canto do colégio em que quase não passava ninguém.

— É sério que você vai matar aula? — perguntou Marcos quando avisei que não entraria para a aula de Artes para poder encontrar o Diego. — Diana Farias vai matar aula?

— Shhh — censurei. — Fala baixo!

— Espero que valha a pena.

Eu sorri.

— Ah, vale...

Ele revirou os olhos para mim e partiu em direção à sala, e eu dei meia-volta no portão antes que o Sr. Evandro me visse. Encontraria com Diego na praça da igreja que ficava no outro quarteirão e voltaria a tempo da segunda aula.

Enquanto aguardei Diego chegar eu me senti uma fugitiva totalmente exposta na praça praticamente deserta. Ainda era muito cedo e poucas pessoas estavam passando por ali naquele horário. Mas qualquer um que me visse saberia que eu estava matando aula. Afinal, o que uma garota com uniforme escolar estaria fazendo fora da escola?

— Ei, gatinha... — Diego falou no meu ouvido depois de me abraçar por trás e me levantar alguns centímetros do chão. Eu me virei para beijá-lo e podia sentir meu coração batendo descontroladamente no peito.

Ele também percebeu.

— Esse coração descompassado aí é de tanta emoção de me ver?

Dei um tapa no seu peito.

— Depois do susto que você me deu, isso sim! Quase me matou do coração.

— É que tava tão bonitinha esperando...

— Morrendo de medo de ser pega — admiti.

Ele riu e apertou minha cintura.

— Bom, isso você sabe que vai ser mesmo.

Revirei os olhos e conferi o horário no celular.

— Acho que a gente tá perdendo tempo.

— Tem razão — concordou e pegou minha mão. — Vem comigo.

Diego me guiou para um muro lateral da igreja que dava privacidade suficiente para que não ficássemos expostos na rua, mas também não permitia que cometêssemos sacrilégio por dar uns amassos em território sagrado.

Bom, eu tinha certeza que o cara lá de cima já tinha visto de tudo nessa vida...

* * *

— Você parece feliz — comentou a Dra. Bárbara em uma de nossas consultas.

Eu sorri, realmente estava.

— Conheci alguém legal — expliquei. — Ele é bem diferente de todos os outros. Tenho até medo de perder.

— Você sabe o que precisa fazer.

Respirei fundo.

— Sei, mas é difícil.

— Está treinando no diário?

Eu havia esquecido completamente daquele caderno idiota. Não precisava daquilo. As coisas estavam indo bem.

— Às vezes — menti.

A Dra. Bárbara assentiu.

— É uma questão de equilíbrio. Vai se acostumando. Cedendo aos poucos. Assim você dá abertura sem se sentir completamente vulnerável.

Mordi o lábio, pela primeira vez considerando a sugestão. Acho que eu estava me apaixonando por Diego e finalmente cogitava ter algo sério com alguém. Isso me dava medo e animação ao mesmo tempo. É como se eu estivesse viva.

— Vou tentar.

Ela parecia um pouco mais orgulhosa.

— E o seu pai?

Fiz uma careta de desgosto. Estava tentando ao máximo evitar pensar na relação dos meus pais. Cada um com seus problemas.

— Eles estão namorando. Minha mãe fica dando risadinhas pela casa, mas para assim que me vê.

— Ela também merece ser feliz — disse a Dra. Bárbara.

— Aí é que está. Ela não vai ser feliz com o meu pai. Nunca. — Fecho os olhos para não deixar as lágrimas começarem a brotar. *Hoje não.*

— Ela vai precisar descobrir isso sozinha — lembrou ela. Assenti. Eu sabia disso também. — Mas você não precisa dificultar as coisas. Você sabe que tem uma personalidade difícil. Não precisa voltar a ter a mesma relação de confiança com o seu pai. Só não precisa repelir completamente.

— É muito difícil o meio-termo.

— Era muito difícil você se apaixonar também, e veja só o que está acontecendo...

Eu quis corrigir a Dra. Bárbara. Mas ela contra-argumentaria, expondo mais uma vez minha tentativa de esconder meus sentimentos. Não dava para esconder certas coisas de quem parecia me ler tão bem.

* * *

Eu não costumava sair para correr durante a tarde, mas depois da sessão de terapia eu precisava colocar meus pensamentos em ordem. Era muita coisa para entender e saber como seguir daqui em diante.

Certo, eu estava apaixonada.

Apaixonada.

Eu.

Cacete.

Dei uma volta no parque sem nem sentir e resolvi dar mais uma volta. Quando passei pela quadra de esportes novamente Diego estava lá jogando basquete com um garoto que era praticamente uma versão dele em miniatura. Driblou devagar e deixou seu minissósia roubar a bola e, assim que o menino chegou perto da cesta, Diego o levantou para que ele a alcançasse. Ponto. O garotinho, que devia ter no máximo uns sete anos, abriu um sorriso enorme e saiu comemorando.

Eu havia diminuído os passos para observar a cena e só percebi que estava completamente parada quando Diego notou a minha presença.

Droga. Eu estava um nojo. Toda suada e descabelada. Tarde demais para fugir.

— Ei — cumprimentou. — Para quem não gosta muito de praticar esportes, parece que você correu bastante. — Dei risada, ainda um pouco sem fôlego.

— Hoje em dia não gosto — expliquei. — Longa história. Mas preciso praticar alguma coisa. É a única forma de organizar meus pensamentos.

— Longa história? — perguntou, colocando a mão direita sobre os olhos para protegê-los do sol de fim da tarde. — Essa você ainda não me contou. Estou com tempo. — Então se virou para o garoto. — Ei, Júlio, quer tomar um sorvete?

O garoto encarou a bola, claramente dividido, mas então pensou melhor e aceitou a oferta.

— Só se tiver três bolas — disse para Diego, que concordou com a negociação.

Quando chegamos na sorveteria que ficava na esquina do parque, ele me ofereceu também, mas pedi só uma água para me refrescar. Ainda não estávamos na primavera, mas o tempo frio já havia ficado para trás.

— É seu irmão? — perguntei quando nos sentamos em um dos bancos do parque.

Diego concordou.

— A gente vem para o parque toda semana para ele largar um pouco o videogame.

— Ele parece gostar, pelo menos.

— Ele gosta quando eu deixo ele fazer ponto, isso, sim. — Ali estava. O sorriso gigante pelo qual me apaixonei. — Mas a gente tinha outro assunto a tratar.

Um nó se formou na minha garganta. Eu nunca falava sobre isso fora do consultório da Dra. Bárbara. Ao mesmo tempo que estava louca para desabafar, eu também estava morrendo de medo.

— Longa história — lembrou. — Por que você não gosta mais de esportes?

Tomei um gole de água. Fechei a garrafa lentamente e observei as pessoas que estavam no parque. Algumas senhoras faziam caminhada, adolescentes ainda de uniforme circulavam. Crianças brincavam no escorregador ou no balanço, enquanto mães olhavam atentas para qualquer perigo. Mães. Apenas mulheres cuidando das crianças.

Olhei para o Diego, que me encarava com expectativa.

— Porque me lembra o meu pai — respondi, com sinceridade.

E foi como se tirasse um peso enorme das costas.

— Relação difícil?

— Você nem imagina — Balancei a cabeça. — Meus pais já se separaram pelo menos três vezes. Meu pai traiu minha mãe em todas. — Fiz uma pausa e tomei mais um pouco de água. — Agora eles estão tentando pela quarta vez. Eu já desisti totalmente. Não consigo nem olhar para a cara dele.

Diego esperou que eu terminasse de falar. Observou o irmão se lambuzando com o sorvete e então finalmente olhou para mim.

— Eu queria que meus pais se separassem. Seria mais fácil.

— Não é — garanti.

— Seria mais fácil não ter que lidar todos os dias com ele chegando em casa bêbado a ponto de quebrar alguma coisa ou de tentar algo contra a gente.

Fiquei em silêncio. Era uma situação completamente diferente.

— É foda — ele murmurou. — Muita coisa para lidar.

— Por que você não denuncia?

Diego balançou a cabeça.

— Minha mãe não deixa. Diz que vai acabar com a nossa família. Que ela não sobreviveria.

Segurei na mão dele para demonstrar o meu apoio. Diego não esperava uma solução. Estava apenas desabafando. Ele apertou minha mão em resposta. Ficamos assim por alguns minutos até o irmão dele se aproximar dizendo que o sorvete havia acabado e que ele queria ir para casa.

Diego me deu um beijo na bochecha. Nada de demonstrações públicas, lembrei. Isso me deu um aperto no peito. De certa forma, depois de compartilharmos algo tão íntimo, eu esperava que nossa ligação estivesse mais forte.

— A gente se vê? — perguntou, com expectativa.

Como se esperasse que eu fugisse na primeira oportunidade depois do que me contou.

Sorri com delicadeza e balancei a cabeça.

— Sim.

Observei os dois indo embora de mãos dadas. Diego era o exemplo daquele garoto.

Puta que pariu, eu estava mesmo completamente apaixonada por ele.

6

Meus pais resolveram viajar no feriado de 7 de setembro para Gramado. Lua de mel, disse minha mãe. Eu me segurei para não revirar os olhos. Quantas luas de mel ele havia tido nos últimos cinco anos? Certamente alguma em Gramado. Mas mantive a boca bem fechada e deixei que minha mãe aproveitasse enquanto podia.

— Toma cuidado — alertou ela antes de sair. — Não esquece de acionar o alarme. Não abre o portão para estranhos. Deixei comida no congelador.

— Tá bom, mãe. Já sou bem grandinha.

Ela me observou com atenção.

— Esse é o meu medo — disse, por fim, antes de entrar no carro.

— Não faça nada que eu não faria — meu pai completou.

Bom, as coisas que você faria são muito piores, pensei enquanto sorria e esperava eles saírem pela garagem e o portão se fechar em seguida.

Um final de semana completamente sozinha. Sorri com a oportunidade perfeita. Peguei meu celular e enviei uma mensagem para Diego.

>Diana: Meus pais viajaram. Quer vir aqui em casa hoje ver um filme?

Ele respondeu no mesmo segundo.

>Diego: É só me falar a hora.

Combinamos às oito e ele chegou pontualmente trazendo um carregamento de chocolate, Doritos e Coca-Cola. Ele veio mesmo preparado para ver o filme! Será que não tinha entendido o recado?
— Caramba... Tinha pensado em pedir uma pizza, mas já que você trouxe tudo isso...
— Pizza demora muito. — Ele deixou tudo na mesa de jantar, se aproximou de mim, acariciou minha cintura e segurou o meu rosto. — A gente pode ocupar o tempo com muitas outras coisas.
Respirei, aliviada. Ele tinha entendido o recado!
Diego me pegou no colo como se eu não pesasse quase nada e me levou até o sofá.
— E aí, o que vamos assistir?
— É sério? — perguntei.
Ele me encarou com inocência.
— Você não vai ver filme nenhum depois de ter pegado na minha bunda desse jeito.
Um sorriso malicioso se formou em seu rosto.
— Calma, minha linda. — Ele afastou meu cabelo do rosto. — Você não viu nada ainda. — Me tirou do seu colo, me

posicionou ao seu lado e passou um braço sobre os meus ombros.

— Mas antes, a gente pode curtir um filme abraçadinho. Não vai fazer mal a ninguém.

Eu quis dizer que isso estava acabando comigo, mas não ia implorar por algo que eu tinha certeza que aconteceria. Nós dois só pensávamos nisso nas últimas semanas, mas nunca tivemos a oportunidade. Diego estava sempre ocupado com os treinos e não tínhamos um lugar para ficar mais à vontade. Uma nova festa dos formandos no sítio dos meus tios seria perfeito. Mas Nathaly estava proibida de fazer festas depois do estado que deixou a casa.

Se ele sabia provocar, eu também sabia.

Abracei sua cintura e coloquei a perna no colo dele. Esperei que ele escolhesse o filme e comecei, distraidamente, a fazer carinho na sua barriga, por baixo da camiseta, indo em direção ao que realmente interessava.

— Ei, ei — repreendeu ele. — Filme.

— Você disse pra gente ficar abraçadinho — lembrei. — Eu só não disse o que eu ia abraçar.

— Você é inacreditável.

Dei meu sorriso mais inocente e ele deu play no filme. Não prestei a mínima atenção na TV. Nem ele. Eu tinha vencido.

— Nunca achei que fosse falar todos os dias com alguém sem enjoar — deixei escapar, enquanto Diego fazia carinho no meu cabelo e eu encarava os créditos do filme deslizando pela tela.

— É porque é impossível enjoar de mim — disse Diego, e beijou o topo da minha cabeça.

— Eu tô falando sério. É meio difícil eu deixar as pessoas ficarem tanto tempo na minha vida. A gente se fala todos os dias há quanto tempo? — Olhei para ele. — Quatro, cinco meses?

Diego franziu a testa.

— Caramba. Faz tempo mesmo.

Voltei a apoiar minha cabeça em seu peito e ele ficou em silêncio.

— Você não acha estranho a gente não se falar no colégio?

Ele respirou fundo

— É complicado. Tem muita coisa acontecendo na minha vida agora. Muita gente exigindo minha atenção ou meu esforço. Tem sido o ano mais difícil de todos.

Meu peito ficou apertado. Eu sabia de toda pressão que ele vinha sofrendo. Do time, dos colegas, dos professores e do futuro. Não queria ser mais uma pessoa exigindo alguma coisa dele. Por isso apenas assenti e o abracei mais forte. Ficamos em silêncio, ouvindo nossa respiração, até ele avisar que precisava ir embora.

— Você pode dormir aqui, se quiser — convidei. — Meus pais só voltam no domingo.

Diego acariciou minha barriga, mas negou.

— Não posso deixar minha mãe e meu irmão sozinhos. Não sei qual versão do meu pai vai chegar em casa hoje.

Apesar de ficar triste por ele precisar ir embora, eu entendia completamente.

— Tudo bem — concordei.

Diego se vestiu, e o levei até o portão.

Nos encaramos por algum tempo e nos despedimos com um beijo lento, ao contrário de como tinha sido a noite inteira.

— Queria que meus pais viajassem na semana que vem também — brinquei para aliviar o clima estranho que havia ficado entre a gente.

— Se isso acontecesse, eu não poderia vir — respondeu ele, sem soltar a minha cintura. — Vou visitar a universidade em Florianópolis. Ver as instalações esportivas e tudo mais. Tá quase certo de que vou pra lá no ano que vem. Só preciso continuar jogando bem.

— Você vai arrasar. — Dei um beijo rápido e um abraço forte.

— Tchau — murmurou ele em meu ouvido, e isso me causou um arrepio.

— Tchau — me despedi, baixinho, e ele saiu andando.

Abracei meu corpo em uma tentativa de ocupar a falta que já sentia dele. Eu mal sabia que seria a primeira e última vez.

* * *

Como eu já imaginava, tudo continuou na mesma no colégio. Continuávamos nos falando todos os dias por mensagem, mas mal trocávamos uma palavra pessoalmente no horário da aula. Mas, para mim, as coisas haviam mudado depois daquela noite. Eu me sentia diferente e me perguntava se o Diego também se sentia assim.

— Vocês são tão estranhos — comentou Marcos depois de deixar seu Nintendo Switch de lado e olhar para a mesa em que estavam alguns jogadores do time de basquete.

Era intervalo e eu estava tentando ler a mesma página da apostila de Química pela décima vez sem conseguir entender nada desde que Diego havia chegado no refeitório. Teríamos prova na próxima aula e a única coisa que passava pela minha cabeça repetidamente era a noite que Diego esteve na minha casa. Daquela química eu entendia e certamente iria gabaritar. Só não conseguia entender o que vinha depois. Como pode ser tão fácil para as outras pessoas?

— Se você não tivesse me contando tudo que tá acontecendo, nunca passaria pela minha cabeça que vocês estão juntos — continuou Marcos.

Encarei meu amigo.

— E desde quando você virou especialista em relacionamentos? — perguntei, ríspida. — Não lembro da última vez que você disse que beijou na boca.

Era golpe baixo, eu sabia. Mas não consegui segurar as palavras.

Marcos respirou fundo, apoiou os braços em cima da mesa e se aproximou de mim.

— Aí é que tá — disse baixinho. — Beijar na boca é só um movimento físico. Mas o que tá acontecendo aqui — apontou para o meu peito e em seguida para a minha testa – e aqui?

Fiquei em silêncio enquanto ele colocou o videogame dentro da mochila e se levantou sem me esperar para voltar para a sala.

Marcos tinha razão.

O que estava acontecendo dentro de mim?

Na noite de quinta-feira, antes da viagem do Diego para Florianópolis, mandei uma mensagem desejando sorte e ele agradeceu com um áudio superempolgado e apreensivo ao mesmo tempo. Conversamos sobre as expectativas e o que ele faria por lá. Além de conversar com o técnico do time da faculdade, ele também conheceria o time e suas opções de futuro.

Diego: Eu ainda fico pensando se vou ter coragem de deixar minha mãe e meu irmão. Como vou ficar longe?

Diana: Pensa que, conseguindo essa bolsa, logo você vai conseguir dar uma vida melhor para eles. Ou pelo menos para o seu irmão.

Ele visualizou a mensagem, mas demorou alguns minutos a mais para responder.

Diego: Você tem razão. Espero que isso seja logo.

Diana: Vai ser.

Durante os três dias que ele passou fora, resolvi não pressioná-lo, esperava que ele mesmo viesse me contar tudo. Acompanhei seus *stories* mostrando a quadra recém-reformada da universidade, foto com o treinador e até mesmo em uma balada com o time. Mas não tive qualquer sinal de vida até a segunda-feira, quando perguntei como foram as coisas.

Diego: Deu tudo certo.

Eu ainda estava em semana de provas, então não tive muito tempo também. Diego estava ocupado com os treinos do basquete, o time tinha ido para a semifinal e ele precisava se preparar para mostrar seu potencial para o time profissional da universidade.

A semana passou e ele não me convidou para ver o jogo, então não fui. Eles ganharam, é claro. Eu soube assistindo aos *stories* dos meus colegas. Eu me sentia cada vez menor. O que estava acontecendo? O que eu tinha feito? Ele não estava mais apenas misterioso, como qualquer escorpiano, estava ausente e me evitando.

Marcos perguntou como estavam as coisas entre a gente quando percebeu que eu tinha parado de contar novidades. Ele pensava que eu tinha parado de falar por causa da nossa pequena discussão por causa do Diego, há duas semanas, mas a verdade é que não tinha mais novidades mesmo.

— Não estão — respondi, de braços cruzados. Estávamos aguardando o início da aula sentados na sombra da nossa árvore favorita, bem no meio do pátio do colégio. — Ele simplesmente não fala mais comigo.

Marcos limpou a garganta e me encarou.

— Agora você sabe como os outros se sentem.

— Do que você está falando?

— Você faz exatamente isso com os caras. Está sentindo o gostinho do seu próprio veneno.

Balancei a cabeça.

— É completamente diferente — expliquei. — A nossa relação era diferente. Nunca tive algo assim com ninguém.

— Você falou o que sentia para ele?

Abaixei a cabeça; era estranho conversar sobre isso bem no meio do pátio do colégio. Eu me sentia exposta.

— Não precisava. Estava tudo bem claro.

— Não, Diana. Você *acha* que está sendo clara com as pessoas. Mas você é um enigma. Só faz questão de ser clara quando não quer mais ver a pessoa na sua frente.

— Não é verdade — sussurrei.

— Não é? — Marcos levantou as sobrancelhas. — O que você falou para o pobre do Miguel?

Eu me empertiguei e encarei meu amigo.

— Que não estava mais a fim.

Marcos concordou.

— E o que você falou para o Diego?

Silêncio. Não falei nada. Só esperava que ele entendesse que compartilhar tantas coisas pessoais por tanto tempo queria dizer que eu confiava o bastante nele para tê-lo por perto.

— O que eu faço?

— O que você acha que deve fazer?

Eu sabia o que precisava ser feito. Precisava perguntar. Falar o que eu sentia e saber se ele também sentia o mesmo por mim. O problema é que naquele momento eu tinha medo de perder até mesmo o que eu não tinha. O alerta de "perigo, você vai quebrar a cara" estava soando, mas eu já não sabia dizer se era uma constatação real ou só os fantasmas da minha cabeça querendo me sabotar mais uma vez.

* * *

A final do campeonato foi bem no dia do aniversário do Diego. Ele com certeza ganharia o título de presente. Eu estava feliz por ele, mas também sentia sua falta. Acordei cedo e fiquei enrolando na cama até dar o horário de me levantar para ir para aula. Eu sabia que deveria mandar alguma mensagem de parabéns para ele, já que não teria coragem de conversar no meio do colégio. Mas o que eu poderia escrever? Conservamos por tanto tempo nos últimos meses... Agora era como se eu não tivesse mais o direito de falar nada.

Podia ouvir a Dra. Bárbara perguntando várias vezes por que eu não dizia o que sentia para as pessoas.

Eu tentei, Dra. Bárbara.

Mas será que havia tentado o bastante? Será que Marcos tinha razão? Escrevi uma mensagem, mas li e reli várias vezes antes de ter coragem de mandar.

Diana: Feliz aniversário! Estou com saudades.

Cliquei em enviar assim que o despertador tocou. Era isso. Eu não poderia pegar minhas palavras de volta. Estavam ali, pairando na tela e os dois risquinhos denunciavam que já haviam chegado no celular dele. Caramba, era difícil demais não ter o controle de tudo.

A resposta não veio durante a aula. Diego nem apareceu no colégio. Nenhum jogador do time apareceu. Quase não consegui me concentrar em nada que me diziam. A manhã passou como um borrão.

O jogo seria às três da tarde no Ginásio Municipal. O colégio inteiro iria e Marcos e Nathaly acabaram insistindo que eu fosse. Não era nada de mais, então concordei, mesmo que ele ainda não tivesse me respondido. Quem sabe se me visse por lá também percebesse que estava com saudades. Sinceramente? Eu já não sabia mais o que estava fazendo e tinha certeza que iria vomitar de nervoso a qualquer momento.

* * *

O jogo estava prestes a começar. O time já tinha aquecido, mas Diego não olhava de jeito nenhum para quem estava na arquibancada, extremamente concentrado. Deixei escapar um sorriso bobo ao lembrar de quando ele me falou o quanto ele queria aquilo e de como havia se dedicado. Caramba, eu tinha muito orgulho dele.

Meu celular apitou assim que o time começou a entrar em quadra.

Diego: Eu também.

Ele também estava com saudades. Tudo poderia ficar bem, afinal. Eu não ia morrer por me expor um pouquinho. Todo mundo tinha razão. Nathaly me deu uma cotovelada para chamar a minha atenção assim que Diego entrou em quadra. Seu semblante era um pouco triste. Ele olhou para a parte da arquibancada em que estava a torcida do nosso colégio. Fizemos contato visual por alguns segundos. Eu sorri, e ele não.

Fiquei confusa. Então vi que tinha mais uma mensagem no meu celular.

Diego: Mas estou saindo sério com uma garota agora e não gosto de ficar de papo com outras, sabe?

Não sei o que mais me irritou. Ele estar com outra garota, resumir o que a gente tinha a "ficar de papo" ou ter admitido que falava com outras. No plural.
Babaca.
Respondi, trêmula, da melhor forma que pude. Minha vontade era xingar de tudo que era nome. Mas não era hora de dar a ele ainda mais controle sobre o que eu sentia.

Diana: Eu já imaginava. Obrigada por ser sincero.

Era hora de ir embora. Eu não aguentaria ficar mais tempo ali.
— Diana? — Nathaly me chamou sem entender o motivo de eu ter me levantado se o jogo já ia começar.
Ignorei minha prima. Depois eu explicaria.
Desci a arquibancada rapidamente e dei uma última olhada para a quadra. Diego me observava. Não faria nada para me parar. É claro que não faria. Então fui embora.
Quando percebi, já estava em casa, escondida no meu quarto. Chorando tudo que eu tinha para chorar. Sozinha. Como sempre. Deixei toda a frustração, tristeza e mágoa transbordarem de mim

por meio das lágrimas. Meu choro era desesperador. Eu não conseguia entender como algo assim poderia doer tanto. Já deveria saber. Não se podia confiar nas pessoas. Era isso que acontecia quando não nos protegíamos.

Quando percebi, estava escuro. Já devia estar tarde. Não entrava luz nenhuma pelas frestas da minha janela. Minha mãe provavelmente nem estava em casa, porque tudo era silêncio.

Silêncio que foi interrompido pela notificação do meu celular.

Diego: É o mínimo, né?

Não, Diego. Não é o mínimo. O mínimo é minha mão na tua cara!

Que burra, burra, burra!

Abro meu diário e escrevo "burra" até minha mão cansar. Quem sabe assim eu aprendo.

7

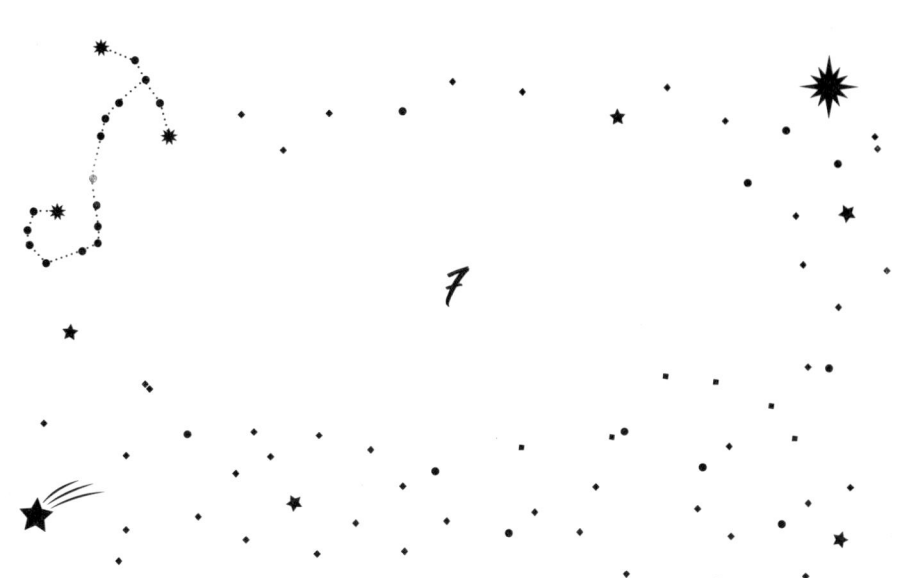

Precisei de um final de semana inteiro para me recuperar. Minha mãe ficou em casa também. Eu não saberia dizer quem estava mais abatida. No domingo, a encontrei na mesa da cozinha tomando uma garrafa de vinho branco sozinha e chorando.

— Mãe? — chamei, baixinho. Ela olhou pra mim, e quase ri. Estávamos só o pó. Mãe e filha. — O que aconteceu?

Eu me sentei ao seu lado e me segurei para não tomar um gole do vinho dela. Foram dias difíceis.

Ela fungou e me encarou, lágrimas brotavam nos seus olhos.

— Você tinha razão — disse ela, com a voz embargada. — Era só questão de tempo até seu pai enjoar de brincar de casinha de novo.

Eu geralmente ficava satisfeita quando as pessoas diziam que eu tinha razão. Mas não dessa vez. Não depois de ver minha mãe sofrendo de novo. Por mais que eu também estivesse triste, ela me preocupava muito mais. Estava presa em um ciclo sem fim. Algo precisava mudar.

Abracei minha mãe e fiz carinho em seu cabelo.

— Você sabe que não pode deixar ele entrar na sua vida de novo, mãe.

Ela balançou a cabeça concordando. Era mais fácil para ela enxergar num momento como aquele. Mas assim que ele voltasse cheio de charme, cansado da vida de solteiro, ela estaria em perigo de novo. Mais uma vez.

— Recebi uma oferta de trabalho em uma filial de São Paulo. Estou pensando em aceitar.

Minha mãe era gerente de uma corretora de seguros. Trabalhava havia anos na empresa e já tinha recebido diversas propostas para mudar de cidade, mas nunca aceitava. Dizia que seria ruim para eu me adaptar e que perder os amigos na adolescência pode ser bastante difícil.

Eu sempre fiquei aliviada por ela recusar, apesar de nunca ter dado palpite. Era sempre uma conclusão a que minha mãe chegava sozinha, sem precisar me consultar. Aquela era a primeira vez que ela abria para discussão.

— Acho que é uma boa, mãe — incentivei.

— Mas e os seus amigos?

Como eu contaria para ela que nunca fui uma pessoa de muitos amigos? Resolvi deixar essa parte de fora.

— Internet está aí para isso.

A nova perspectiva de vida pareceu dar um pouco mais de leveza a sua expressão cansada.

— É claro que podemos esperar você terminar este ano letivo. — Ela respirou fundo e serviu mais uma taça de vinho. — Então poderíamos encontrar o melhor colégio para você concluir o ensino médio e se preparar para a faculdade. Já pensou você estudando na USP?

— Hum, mãe... sem muitas expectativas — avisei.

Ela tomou um gole generoso de vinho e sorriu para mim.

— Novos ares. Nova vida. — Minha mãe levantou o meu rosto para analisar com atenção. Provavelmente procurando entender por que eu estava com o olho tão inchado. — Tem alguma coisa que você quer me contar?

Fiz que não. Não queria reviver novamente tudo aquilo. Minha mãe apenas acenou. Ela sabia que não adiantava insistir.

E não é como se eu não tivesse tentado. Mais uma vez fui reduzida a cinzas, fui mais longe do que considerava possível. Deixei escapar entre os meus dedos o que achei que amava, mas depois de todo esse sofrimento, só me restava seguir em frente.

Seja lá o que precisasse morrer dentro do meu peito, eu tinha certeza de que renasceria mais forte outra vez. Eu choraria tudo que podia. Chegaria ao fundo do poço.

Mas voltaria.

Sempre.

É assim que as coisas funcionam para os que sentem demais e não podem se abrir para o mundo porque o mundo não os entenderia. Escorpianos.

* * *

Nunca gostei muito de aniversário. É por isso que, com exceção de Marcos e Nathaly, ninguém sabe que deveria me dar parabéns no dia 10 de novembro. Bom, neste ano mais uma pessoa ficou sabendo, mas não espero nenhuma mensagem de Diego.

Nathaly queria que eu bloqueasse seu perfil no Instagram, mas não fiz isso. Segundo ela, foi porque eu ainda tinha alguma esperança. Não posso negar isso, mas também não admitiria de jeito nenhum.

Os dois resolvem me arrastar para uma pizzaria, apesar de eu não estar nem um pouco empolgada. Como eu sabia que não adiantava nada discutir, aceitei. Por algum motivo resolvi me arrumar para valer. Nada muito chamativo, mas passei algum tempo escolhendo a roupa: uma saia preta com uma camiseta branca que dizia *"Not your baby"* amarrada em um nó na cintura. Calcei um Vans surrado que tinha uns dois anos e já poderia sair andando sozinho pela cidade inteira. Caprichei na maquiagem e tirei algumas fotos para postar no *stories*. Não curti muito nenhuma, mas acabei escolhendo a foto em que achei menos defeitos. Com alguns ajustes e um filtro até que ficou aceitável. Publiquei e fui encontrar meus amigos.

Não há nada que uma pizza de quatro queijos com borda recheada não pudesse me fazer esquecer. Nenhum dos dois me fez passar pela humilhação de um parabéns em público. Eles sabiam que eu iria embora na hora.

Enquanto aguardamos uma pizza doce de sobremesa, recebi uma mensagem.

Revirei os olhos.

— Deve seu o meu pai. Ele ainda não cumpriu o protocolo obrigatório deste ano de pelo menos lembrar que eu nasci nesse dia.

Não era do meu pai, mas do Diego. Ele respondeu o *story* da minha última foto.

Diego: Caralho, tá linda demais.

Aquilo me atingiu em cheio. Senti o sangue fugir completamente do meu rosto.

— Aconteceu alguma coisa, Diana? — perguntou Marcos.
— Você tá pálida! Parece que viu um fantasma.
Bom, foi quase isso, certo?
Digitei rapidamente uma resposta.

Diana: Você sabe que não é justo, né?

Ele respondeu logo em seguida.

Diego: Eu sei. Mas não tinha como não comentar.

Onde estava a namorada, afinal? Ah, eles finalmente estavam namorando. Diego havia postado uma foto na praia com ela e um coração na legenda. Descobri que ela era de Florianópolis e estava no primeiro ano da faculdade de Educação Física. Ele provavelmente a havia conhecido naquele maldito final de semana em que tudo mudou.
Bom, eu não tinha mais nada a ver com isso.
Uma nova notificação apareceu na tela.

Diego: Aliás, feliz aniversário! Tudo de bom e coisa e tal.

— Ah, vai à merda. — Achei que tinha apenas pensado, mas percebi que tinha saído em voz alta quando o garçom que entregou nossa pizza de chocolate com morango me encarou, confuso. — Desculpa!
— Vai falar pra gente o que aconteceu ou vai deixar a gente morrer de curiosidade? — perguntou Nathaly.

Li rapidamente as mensagens que recebi de Diego e em seguida entrei no perfil dele.

— Bom, já que estou iniciando um novo ano e essa coisa toda, vou abandonar tudo que não quero mais na minha vida, não é mesmo?

Cliquei nas opções do perfil de Diego e parei antes de fazer o que eu já deveria ter feito havia muito tempo. Meu coração deu um salto. Parecia algo bobo, bloquear das redes sociais. Mas, quando eu decidia tirar algo da minha vida, era para sempre.

— Vai logo! — Nathaly estava pulando na cadeira de tanta expectativa.

Engoli em seco e cliquei na opção bloquear. Respirei fundo. Alívio? Arrependimento? Certamente um nó bem grande saiu da minha garganta. Eu sorri, estava livre.

— Agora eu mereço essa pizza — falei.

— Merece até três! — comemorou Marcos.

Foi o melhor aniversário que tive em muito tempo. O suficiente para que eu tivesse coragem de abrir o meu diário e escrever tudo que estava entalado na garganta.

Oi, Diego.
Eu te amei, sabia?
Passei uns dias pensando sobre isso. Eu nunca tinha amado nenhum cara na minha vida. Você foi o primeiro, sinta-se especial. Ah, espera! Você nunca vai ler isso mesmo... então foda-se.
Você foi o cara que eu amei, mas também o que odiei. Só não odiei mais do que meu pai. Não foi tempo suficiente para desbancar esse posto da minha vida. Devo agradecer?
Obrigada.
Por nada.

Um egoísta babaca, isso que você é. A porra de um cara que me usou para curar uma carência e achava que eu era um depósito das suas merdas. O problema é que eu confiei em você. Eu nunca confio nas pessoas. Nem naquela brincadeira de se jogar de costas para um amigo de verdade segurar você. Não mesmo. As pessoas não são confiáveis. Os animais talvez. Acho que eu deveria ter um gato. Certamente vou adotar quando me mudar para São Paulo.

Ah, não te contei, né?

Vou embora um pouco antes do Natal. Bom, você nem deve se importar com isso porque também vai embora.

Sabe o que me dá mais raiva?

É que eu ainda me preocupo.

Me pergunto todos os dias se você tá bem. Se seu irmão e sua mãe estão bem. Se o seu pai finalmente percebeu que estava fodendo com tudo. Será? Será que isso aconteceu? Nunca vou saber, não é?

Você conta essas coisas pra ela? É claro que sim, que merda eu tô pensando? Foi ela que você escolheu, afinal.

Eu fui só uma intermediária. Algo entre um relacionamento que realmente importa e outro.

Pena que não posso dizer o mesmo de você. Porque infelizmente vai ficar marcado na minha memória e no meu corpo para sempre. Eu também não te contei, né? Foi a minha primeira vez.

Babaca.

Pesei tanto minha mão na caneta que quase furei o papel. Estava tudo ali. Tudo que eu queria ter falado. Tudo que eu queria ter colocado para fora. A Dra. Bárbara tinha razão afinal, escrever funciona. Mas a sugestão de destruir o caderno também me parecia válida.

Não só porque eu não quisesse que mais ninguém pudesse ler meus sentimentos dos últimos meses. Mas porque eu queria virar a página. Acabar com tudo aquilo que ainda me puxava para trás.

Eu sabia que bloquear Diego não era a única coisa que eu precisava fazer. Depois de despejar nessas páginas tudo que sentia, eu precisava seguir em frente.

Fui até a cozinha, peguei uma panela bem grande e a caixa de fósforos jogada em uma das gavetas. Nos fundos de casa, onde ficava um pequeno quintal para estender roupas, coloquei a panela no chão, risquei um fósforo e o encostei na borda das páginas do caderno. O fogo queimava lentamente e não parecia ter muita força. Acendi outro fósforo e o levei à outra extremidade. Finalmente o fogo parecia mais confiante. Fiquei observando as chamas beijarem as páginas que preenchi com tudo o que havia dentro de mim. Minha mãe veio ver o que eu estava fazendo, mas não perguntou nada. Observou por alguns segundos e saiu. Então voltou com outro caderno, cuja capa eu reconheci. Sempre achei que fosse uma agenda de trabalho.

Minha mãe pegou a caixa de fósforos e fez o mesmo procedimento que eu. As chamas também começaram a queimar as folhas dela, que pareciam muito mais gastas. Talvez minha mãe tivesse muito mais coisa a dizer. Ela jogou o caderno na fogueira improvisada e se sentou ao meu lado. Passou um braço sobre os meus ombros e me aninhou no seu colo. Ficamos assim até as chamas destruírem tudo.

Não falamos nada. Nenhuma pergunta. Quando o fogo apagou, ela jogou as cinzas no lixo e me convidou para comer brigadeiro.

Cinco anos depois

Hoje é dia de torcer para uma das pessoas que eu mais amo no mundo concluir com sucesso mais uma etapa da vida. Resolvo passar no Starbucks da faculdade e levar um Mocha Latte como um presentinho. Sei que é seu favorito. Enquanto estou na fila, observo esse lugar tão familiar; seria uma das últimas vezes que eu iria ali. Foram quatro anos que se encerraram na semana passada com a defesa da minha monografia. Nunca achei que eu seria uma advogada, mas olha eu aqui.

Peço um Mocha Latte e um suco de laranja para viagem. Com a finalização dos exaustivos quatro anos, também decidi abandonar o café. No momento, estou na fase da desintoxicação. Sentir o aroma familiar não estava ajudando muito, mas é por uma boa causa.

Aguardo o meu pedido ficar pronto e, enquanto isso, confiro a hora no celular. Ainda tenho trinta minutos para atravessar o campus e chegar a tempo.

— Diego — chama a atendente.

Escutar esse nome ainda me faz levantar rapidamente a cabeça. Já faz cinco anos, deveria ter superado, mas ainda tenho tudo bastante vívido na memória. Como se tivesse acontecido ontem.

Ele está mais velho, é claro. Todos estamos. Veste um uniforme esportivo com o emblema da seleção brasileira. Ele conseguiu. Eu já sabia. Assisti aos jogos das Olimpíadas no ano passado. Não ganharam o ouro, mas ficaram com a prata. Diego foi o cestinha, é claro.

Quando ele pega a bebida acaba olhando para mim, pois estou perto do balcão ainda aguardando meu pedido. Minha vontade é me esconder. Mas sei que não preciso. Ele me reconhece, está bem claro no seu rosto.

— Diana? — chama a atendente, e eu pego o meu pacote.

— Diana? — ele repete.

Minha vontade é dizer "Sim! Sou eu! Como você está?", mas apenas faço uma expressão confusa.

— Sim?

— Hum, acho que conheço você... — sugere.

É claro que conhece.

Estreito os olhos. Ele deve imaginar que estou tentando buscar sua imagem na memória. Eu não precisaria. Pensei nele todos esses anos.

— Não me lembro — respondo, acrescentando um pedido de desculpas.

— Acho que confundi então — diz, em dúvida.

— Pode ser — concordo. — Bom, tenho que ir! Tchau!

Saio confiante do Starbucks, meus olhos enchendo de lágrimas. Passo o caminho todo até o Salão Nobre da Universidade tentando não chorar e impedindo o meu impulso de dar meia-volta e dizer que estava só brincando. Engulo em seco. Como se tivesse engolindo também todas as lembranças.

Respiro fundo. Confiro minha maquiagem na câmera frontal e entro no Salão Nobre onde continuariam as defesas das monografias dos formandos de Direito com toda a confiança que adquiri nos últimos anos. Eu me aproximo de Lucas e dou um beijo rápido em sua boca. Ele parece se acalmar quando eu chego. Ofereço o café, e ele sorri.

— Vai dar tudo certo, meu amor — encorajo. — Você vai arrasar!

E é assim que deixo, mais uma vez, o meu passado para trás.

Efeito Zodíaco

Por Solaine Chioro

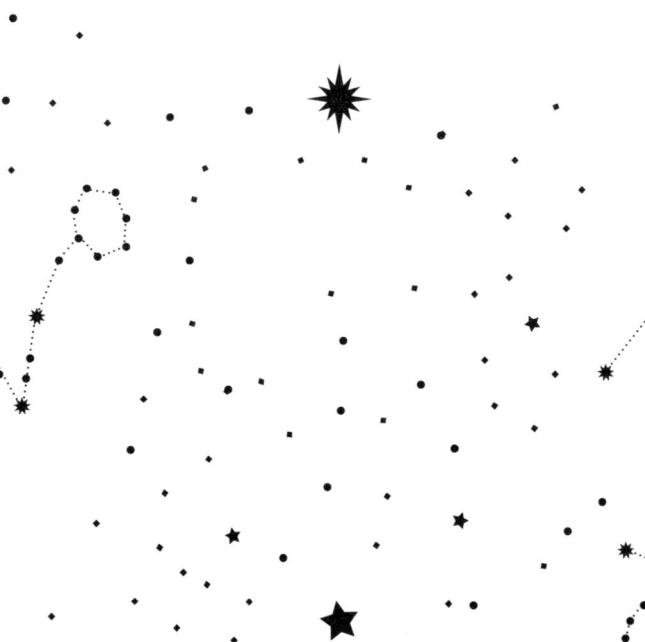

1

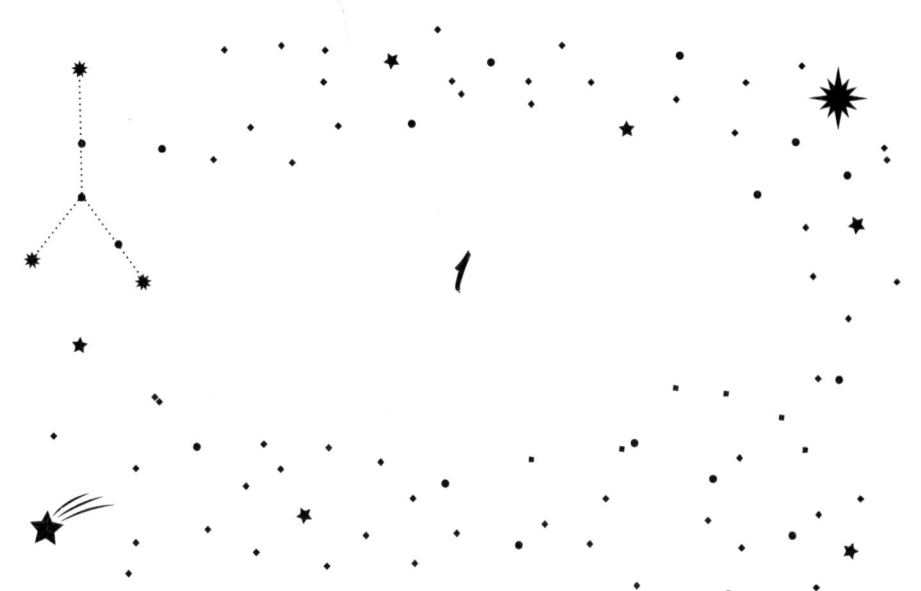

Não há nada melhor do que gostar de alguém.

O frio na barriga toda vez que encontra a pessoa. A vontade de que o dia seguinte chegue mais rápido para ver o sorriso dela logo. A imaginação trabalhando para inventar os mais diversos cenários em que vocês se encontrariam. O enorme leque de possibilidades do que pode ou não acontecer quando um sentimento tão magnífico acontece.

Amo o amor e sonho em tê-lo em minha vida desde sempre. Quase consigo me ver sentada no jardim da mamãe, arrancando pétalas escondida e perguntando se meu bem me quer ou não, sem ligar para o fato de que nem existia um "bem" específico. Eu assistia às mais lindas histórias de amor em filmes ou lia em livros, e não via a hora de viver isso.

Me apaixonei pela primeira vez no terceiro ano do fundamental. João Vitor, o garoto mais popular da turma e dono da maior caixa de lápis de cor. Depois teve o Caique, no quinto ano, um menino bagunceiro e rude, por quem derramei muitas lágrimas.

Gustavo, meu primeiro beijo no ensino médio, que eu estava pronta para apresentar aos meus pais como namorado, mas me largou depois de dois meses para namorar uma garota mais velha. Depois disso, decidi proteger meu coração, o que funcionou até eu entrar na faculdade.

Foi ainda na primeira semana que conheci César Tessaro. Ele também faz Letras e, assim como eu, veio de outra cidade para estudar no interior de São Paulo. César é um ano mais velho que eu, então quando entrei ele já estava no terceiro semestre e fez questão de se colocar à minha disposição. Tudo bem, não só à *minha* disposição, nós éramos um grupo de calouros perdidos na universidade. Mas ele foi tão fofo! E era tão lindo! Como eu poderia controlar meu coração?

Nos vimos algumas vezes durante o primeiro semestre. Não tínhamos aulas juntos, mas nos esbarrávamos com frequência no campus ou no restaurante universitário. Meu dia sempre ficava melhor quando o encontrava. Ainda fica. O começo deste segundo semestre está me deixando mais animada, e não só pelas matérias: está na hora de dar uma chance para os meus sentimentos por César.

* * *

Acordei decidida a pelo menos *tentar* não parecer uma ameba quando o visse, e minha decisão é testada assim que entro no restaurante da faculdade. Estou sozinha, abandonada por minha melhor amiga, que precisou receber uma encomenda em casa, e já me sinto triste e solitária com minha bandeja de comida. Odeio comer sozinha. Não gosto de fazer muitas coisas sozinha, na verdade, mas comer parece pior. Sempre me sinto observada e julgada, escutando ecoar na minha mente os pensamentos que imagino estarem na cabeça das pessoas ao meu redor. "Olha a gorda comendo! Que prato cheio!" ou "Quem ela pensa que quer enganar comendo essa salada?". O sentimento é ainda mais cruel na faculdade, porque o lugar sempre está cheio.

— Oi!

Quase derrubo o suco ao ouvir a voz de César do outro lado do restaurante universitário. Minha mochila já está no assento da mesa onde sempre costumo comer, mas quando olho para ele, que está gesticulando para que eu me aproxime, não resisto. Recolho minhas coisas e vou até onde César está, sozinho.

A personificação de uma obra de Michelangelo. O projeto de perfeição que os deuses escondem entre os mortais. Um monumento que contesta as maravilhas do mundo. Um sonho em carne e osso que faz passarinhos cantarem dentro da nossa cabeça. César Tessaro, também conhecido como o dono do meu coração.

Abro um sorriso e o cumprimento meio sem jeito, porque não sei existir de outra forma quando estou perto dele. Fico hipnotizada com o cabelo loiro-escuro, sempre desajeitado e um pouco caído na testa; com as bochechas rosadas na pele branca coberta de pintinhas; com os olhos verdes intensos e os lábios finos que se abrem para o sorriso mais cativante que já vi. O mundo inteiro para e dá um suspiro quando César sorri.

— Senta aí, bixete — diz ele, usando o apelido pelo qual me chama desde que nos conhecemos e apontando para o lugar vazio à sua frente. — Não me deixa comer sozinho, não.

Balanço a cabeça e me instalo na cadeira. Não é a primeira vez que comemos juntos, mas é a primeira que não tem mais ninguém presente. Somos só eu e César naquela mesa, e meu estômago revira mil vezes quando me dou conta disso.

Começo a mexer no arroz, sem muita vontade de comer, e procuro algum assunto para conversar com ele. Sei que gosta de linguística, mas eu não ligo muito; só passei a me interessar mais por causa dele. Estou prestes a perguntar se ele tinha visto a notícia polêmica sobre o novo técnico da seleção de futebol feminino, quando César diz:

— Você pegou a matéria do Kiko este semestre, né?

César Tessaro conhece a minha grade. Preciso de alguns segundos para processar a informação.

— Sim — respondo, hesitante. — É obrigatória do segundo semestre, precisava pegar.

Ele balança a cabeça rindo.

— E é esse otimismo inocente que separa bixos de veteranos.

Sinto minhas bochechas queimarem ao ouvir isso. Será que César percebe? O olhar que ele me lança, levantando um pouco uma das sobrancelhas grossas e escuras, me faz acreditar que sim. Ignoro essa paranoia, até porque eu sei que ser negra me salva de ficar com a cara toda vermelha. Mesmo sendo uma negra clara, carregando um tom claro de marrom na pele, desse constrangimento estou salva.

— Acho mais prático assim — respondo, me esforçando para parecer tranquila enquanto encaro a comida.

Fiz muitos colegas na faculdade e ainda conquistei a amizade da Analu, a pessoa mais incrível do universo e que tenho a sorte de chamar de melhor amiga. Só de pensar em pegar o diploma sem tê-la ao meu lado quase me faz chorar. Estou disposta a pegar todas as matérias obrigatórias para poder me formar no tempo certo junto com o resto da minha turma.

Quando levanto o rosto novamente, curiosa para saber por que César não disse mais nada, encontro seus olhos verdes me observando. Há um ar de divertimento na sua expressão e eu quase explodo em mil pedaços quando o ouço dizer:

— Você é muito linda, sabia?

Eu ainda existo ou derreti em uma pocinha de empolgação e vergonha? César nunca me disse algo como aquilo antes! E justo no dia em que eu decido abrir meu coração! Talvez ele não reaja tão mal ao saber! Talvez essa seja a hora certa!

Abro a boca, ainda procurando as palavras certas para demonstrar o meu interesse, mas sou interrompida antes de colocar o plano em ação. Guga, um amigo de César, se aproxima e nos cumprimenta, chamando-o para jogar futebol no campo. Os olhos de César brilham ao ouvir o convite e sei que vou ser abandonada antes mesmo de ele abrir um sorriso de desculpas e se despedir de mim.

Suspiro, meio triste, vendo o motivo do meu coração saltitar indo para longe, mas quase perco o ar quando ele se vira uma última vez e me lança uma piscadela. Fico completamente desnorteada.

* * *

— Cléo, desculpa se vai parecer desmotivador, mas eu ainda não acredito que você vai mesmo fazer alguma coisa pra conquistar esse cara, sendo essa grande covarde que você é.

As palavras de Analu doem um pouco, mas não são sem fundamento. Eu tinha mesmo me escondido atrás da minha timidez nos últimos seis meses, mas isso não era irreversível, era? Achei que minha amiga ia ficar mais animada quando corri até sua casa para contar sobre minha decisão e o que tinha acontecido. Entrei exasperada no apartamento que ela dividia com o irmão e corremos para o quarto, nos jogando na cama onde estamos deitadas há algum tempo. Analu é uma boa ouvinte e me encara com grandes olhos castanhos enquanto relato meu encontro com César na hora do almoço, mas agora sua reação é tão descrente que fico apreensiva.

— Analu, ele falou que eu sou linda!

Ela balança a cabeça.

— Dá! Ele só disse o óbvio! Isso qualquer um sabe.

Reviro os olhos, mas sorrio. Como a boa amiga que é, Analu nunca perde a chance de massagear meu ego. Nossa relação é assim desde o começo: uma duvidando de si mesma ou aceitando migalha enquanto a outra tenta mostrar o quanto a amiga é incrível.

Analu e eu somos diferentes de todos os jeitos possíveis. Ela é mais alta e bem mais magra do que eu. Seus cachos largos e longos em nada se parecem com os meus, mais fechadinhos, volumosos e pintados de vermelho, na altura do ombro. A pele negra de Analu é alguns tons mais escura do que a minha, embora nós duas sejamos claras. Ela acredita em absolutamente qualquer coisa, enquanto eu prefiro ter mais o pé atrás. Sua personalidade é bem mais extrovertida, e ela não tem medo de expor as opiniões que borbulham em sua mente. Já eu guardo tudo dentro de mim o máximo possível. Quase nada em nós duas combina, e, mesmo assim, quando nos vimos no primeiro dia de aula, senti que a conhecia havia anos, e nossa amizade parece ter bem mais do que só sete meses.

É por isso que eu preciso tê-la do meu lado para dar continuidade ao meu plano de conquistar aquele que pode ser o grande amor da minha vida.

— Se eu não fizer nada agora, posso acabar perdendo a minha chance... — murmuro.

Analu se apoia sobre o cotovelo e fica de lado para me encarar.

— Amiga, você sabe que eu amo uma boa história de amor, meu sol em peixes não me deixa mentir, mas ainda não sei se acredito que você e ele estão destinados a ficarem juntos.

— Não diz uma coisa dessas! — Me sento rápido e meio revoltada. — Pode dar azar!

Analu dá de ombros.

— Não é minha culpa. Eu e você não temos poder nenhum contra o efeito zodíaco.

E lá vem o papo de signos mais uma vez. Bufo, voltando a me deitar e mostrando o quanto estou desinteressada no que Analu tem a dizer sobre o assunto.

— Nem faz essa cara, Cléo! As estrelas não mentem.

— Tá bom, e o que exatamente as estrelas dizem sobre mim e César?

— É difícil ter as informações certinhas sem o mapa completo dele, mas até onde sabemos o seu sol é em Câncer, e o dele, em Leão. Só isso já indica que são poucas as chances de algo dar certo entre vocês.

— *Poucas* chances não é *nenhuma* chance.

Analu estreita os olhos e faz com que eu me sinta uma criança ingênua.

— E você está disposta a investir nessas poucas chances? Mesmo que os astros prevejam que talvez você saia machucada dessa?

Suspiro e abro um sorriso. Sei essa resposta de cor.

— Pra mim, não tem nada mais bonito do que amar alguém, Analu. A sensação é tão boa! Meu coração fica quentinho daquele jeito gostoso e a expectativa do que pode acontecer torna tudo mais interessante. Eu não dispensaria a oportunidade de viver tudo isso mesmo com o risco de não durar muito tempo ou de não dar certo no final. O sentimento vale a pena, não importa o que aconteça.

Analu meneia a cabeça, mas seu sorriso mostra que eu a convenci.

— Tá bom. Eu te ajudo indicando as melhores maneiras de conquistar um leonino.

Antes que eu questione esse método, a porta se abre com força, e Nuno surge com cara de bravo. Conheço o irmão de Analu há quase tanto tempo quanto a conheço. Logo na primeira vez em que fui a sua casa fazer um trabalho, encontrei Nuno jogado no sofá da sala, cercado por livros e estudando sem dar muita atenção para nós. É impossível reagir normalmente ao encontrar com ele, porque Nuno é dono do tipo de beleza que hipnotiza. Maxilar bem definido, barba espessa, lábios carnudos, cílios longos, cabelo curtinho e sempre definido, o tom de pele mais escuro do que o meu e de Analu, e, claro, a parte mais importante: um dos sorrisos mais lindos que já vi.

Ainda fico um pouco impactada sempre que o vejo, mas agora já estou mais acostumada, por isso não demoro mais do que dez milésimos de segundo para pensar "uau" e abrir um sorriso para cumprimentá-lo quando o vejo parado na porta do quarto de Analu. Nuno nem nota minha presença ao encarar a irmã com a testa franzida e esbravejar:

— Eu já não falei mil vezes pra você parar de tomar meu iogurte, Ana Luiza?

— Foi só um, Nuno, pelo amor de Deus!

— É, só um, o ÚLTIMO! — O grito dele me assusta, e na mesma hora Nuno parece reparar que estou ali, um pouco constrangido ao me ver. Ele tenta manter a voz num tom normal, mas não consegue disfarçar a raiva. — Você sabe muito bem que é a única coisa que como antes de ir pro estágio de manhã cedo, Analu. E agora não tenho nada pra amanhã!

— Ai, Nuno, foi mal. Não vi que era o último. Não precisa ficar bravinho.

O comentário de Analu só deixa o irmão mais irritado; posso ver seu maxilar se enrijecer.

— Agora você vai ter que se virar pra comprar, porque nunca tem no mercadinho aqui perto.

Analu volta a se jogar na cama de barriga pra cima e protesta:

— Depois eu faço isso, tô ocupada agora. A Cléo precisa da minha ajuda como consultora dos astros *e* conselheira amorosa. É um caso de vida ou morte.

Nuno me olha mais uma vez, agora um pouco menos nervoso e prestando mais atenção em mim. É impossível não ficar tímida ao ser o centro da atenção dele.

— Deixa a gente em paz, Nuno — diz Analu, interrompendo nossa troca de olhares. — Tenho pouco tempo pra ensinar a Cléo a conquistar alguém e você tá atrapalhando.

Fico ainda mais sem graça. Não gosto da ideia de Nuno saber sobre minha falta de talento para fazer alguém se interessar por mim. Finjo que aquela conversa não está acontecendo enquanto ajeito meus cachos vermelhos.

— Se eu for para o estágio morrendo de fome e isso me prejudicar no trabalho, você vai ver só! Compra esse iogurte hoje!

Analu vira o rosto para mim e explica:

— O Nuno é assim porque é o próprio estereótipo do *caprica* do trabalho.

Ele revira os olhos e bate a porta, deixando nós duas sozinhas mais uma vez. Volto a relaxar e me deito ao lado de Analu. Ela abre um sorriso enorme, pegando o celular para digitar sem parar na tela e falando:

— Pronto, vamos pensar num bom plano para o seu ataque de sedução!

2

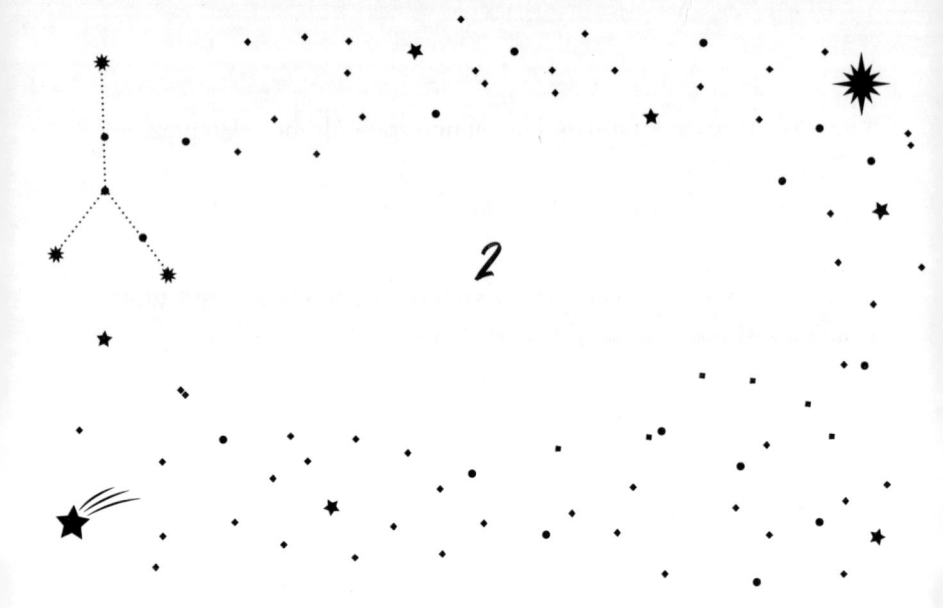

Estou descendo as escadas do prédio de Analu quando ouço uma voz atrás de mim me pedindo para esperar. Paro na mesma hora e me viro para ver quem é. Nuno. Ele está segurando uma chave e pulando os degraus para me alcançar.

— Eu te dou uma carona — avisa ele, e, sem me dar a chance de negar, passa por mim.

Aperto o passo para não perdê-lo de vista e, assim que chegamos ao estacionamento e enfim consigo alcançá-lo, digo:

— Não precisa, Nuno. O ônibus passa ali na esquina e eu desço na rua da minha tia.

Ele dá de ombros, apertando o controle no chaveiro e desbloqueando o carro vermelho parado não muito longe de nós e olhando para mim, casualmente.

— Eu vou ter que passar lá perto pra comprar meu iogurte, porque é claro que a Analu nem lembra mais disso. Posso te levar.

Não gosto de incomodar, mas também não posso dispensar uma carona. Balanço a cabeça, concordando sem dizer nada. A ideia de passar mais do que cinco minutos no mesmo espaço que Nuno me deixa um pouco nervosa. Estou acostumada a encontrá-lo aqui e ali, presenciar uma ou duas brigas entre ele e a irmã, mas não temos tanta intimidade para estar no carro dele sem Analu.

Passamos os primeiros minutos em silêncio até que ele tenta ligar o rádio, que simplesmente se recusa a funcionar. Mais alguns minutos de silêncio não nos matariam, mesmo que ainda falte um tanto para chegar na minha casa.

— Então... como tá indo a faculdade?

Dá para perceber que Nuno está tentando deixar o clima menos estranho, e eu o agradeço mentalmente por isso. Não gosto de me sentir deslocada e odiaria que meu cérebro começasse a questionar se Nuno me odeia ou não pelos próximos vinte minutos.

— Bem, eu acho. O primeiro semestre foi mais tranquilo, mas o segundo mal começou e já tô cheia de livros pra ler.

— A tendência é piorar, então o importante é você gostar do curso.

Sei que ele não está tentando me desmotivar, mas algumas pessoas poderiam encarar dessa forma. Para mim, só me dá mais certeza de que quero continuar. Abro um sorriso e digo:

— Tô adorando!

— Que ótimo.

O silêncio ameaça voltar e sei que não vou suportar passar por isso mais uma vez.

— Você faz jornalismo, né? — pergunto, mesmo tendo certeza da resposta.

— Isso. Quarto semestre agora.

— Já sabe o que quer fazer depois de se formar?

— Meio que continuar o que já faço. Trabalhar com a minha câmera, tirando algumas fotos.

Sigo o perfil profissional de Nuno e já vi muitas de suas fotos. São mesmo lindas, ele merece muito mais reconhecimento. Analu me disse que ele consegue alguns trabalhos para revistas, jornais e sites, mas ainda é pouco para fotos tão perfeitas.

— Parece um ótimo plano.

— E você?

É a minha vez de dar de ombros.

— Não faço ideia. Talvez vire professora ou siga carreira acadêmica. Qualquer dessas opções parece boa para mim.

— Você ainda tá no primeiro ano, ainda tem tempo pra decidir.

— Pois é. Por enquanto vou só aproveitar todas as pessoas incríveis que estou conhecendo e amizades tão importantes como a da sua irmã.

— Sem esquecer das paixões que encontrar pelo caminho.

Eu me viro para ele na mesma hora, as sobrancelhas lá no alto. Sei que as paredes do apartamento de Analu não são tão grossas e que quase nunca nos importamos em evitar alguns assuntos perto de Nuno, mas é horrível saber que minhas conversas com ela não entram por um ouvido e saem por outro.

— Não é do jeito que você tá pensando!

Nuno franze a testa e abre um sorriso maior, parecendo achar mais graça. Nem eu mesma entendi o que quis dizer.

— Eu tô pensando que você tá apaixonada por alguém do campus. Tá tudo bem, é normal. Todos passamos por isso.

Vergonhoso. Meu rosto inteiro estava pegando fogo. Já é horrível estar apaixonada por alguém que nem me conhece direito, mas ter o irmão da minha melhor amiga falando sobre o assunto consegue ser ainda pior. Odeio me sentir como uma criança recebendo uma lição de moral, e me recuso a deixar que Nuno me veja dessa forma.

— Sei que é normal. Já me apaixonei antes, não sou uma garotinha — me vejo na obrigação de dizer. — O sentimento é ainda mais válido quando nasce por uma pessoa incrível que deixa tudo ao seu redor ainda melhor. Alguém com um humor tão pra cima que basta trocar duas palavras com ela pra te deixar sorrindo. Uma daquelas pessoas que trazem paz pro coração, sabe? Não acho que seja um problema eu gostar de alguém.

Agora não me importo muito com o silêncio e quase torço para que ele se instale ali para sempre. O semáforo fica vermelho, me desafiando ainda mais, e Nuno me encara com os olhos curiosos ao perguntar:

— E quem é esse cara maravilhoso por quem você tá apaixonada?

Em outra situação eu desconversaria, mesmo sendo péssima nisso, mas é bem difícil ignorar o olhar de Nuno preso em mim. Me encolho um pouco no banco e murmuro, torcendo para ele não ouvir direito:

— César Tessaro.

Nuno pensa um pouco e faz uma careta.

— O Sete?

Assinto em resposta, porque estou envergonhada demais para dizer algo. Não me surpreende o Nuno saber de quem estou falando. César é muito conhecido no campus, ainda mais como Sete. Me contaram que ele ganhou esse apelido logo que entrou na faculdade, quando os veteranos começaram a chamar ele de C.T., e daí foi um pulo até virar Sete. Não gosto de chamá-lo assim, mas tenho que admitir que nenhum outro combinaria tanto com ele, afinal, sete é mesmo o número da perfeição.

O semáforo abre e Nuno volta a olhar para a frente.

— Não tava esperando que você fosse gostar de alguém como ele.

Franzo a testa e me viro para ele. Tudo bem, eu até podia não ser a garota mais bonita ou popular do campus, mas também não admito um comentário como aquele vindo de alguém que mal me conhece. Eu esperava mais bom senso dele, tendo sido criado pela mesma mulher incrível que criou minha melhor amiga.

— Por quê? Acha que não tem como ele se interessar por mim?

Nuno balança a cabeça.

— Você escutou o que eu disse? Não esperava que *você* fosse se interessar por *ele*.

— Ah. — Eu me precipitei um pouco, mas ainda estou curiosa. — E o que você quer dizer com isso? O que sabe sobre ele?

Ele dá de ombros.

— Não muito. Ele só... sorri demais.

— Isso é ruim?

— É meio aterrorizante.

Reviro os olhos.

— As pessoas sorriem, Nuno. Acontece. Mais alguma reclamação?

Ele fica em silêncio por um tempo, fazendo um bico e contorcendo os lábios enquanto pensa. Suas sobrancelhas sobem até o alto da testa quando ele finalmente encontra um novo argumento.

— O nome dele. César é um daqueles nomes que a gente ouve e pensa "hum, alguém deveria dar uma facada nesse cara".

Estreito os olhos na direção de Nuno.

— Muito engraçado, Brutus.

Sua expressão se torna mais divertida, mas muda de repente quando ele me olha de relance com curiosidade.

— Espera, seu nome é Cleópatra, né?

Por que as pessoas gostam de me lembrar disso? Eu só queria que esquecessem dessa informação para sempre. Sim, meu nome é Cleópatra. Meu pai é professor de história e sempre quis dar nomes de figuras históricas para os filhos. Ele nem precisou batalhar muito para convencer mamãe, já que ela é muito fã da Elizabeth Taylor. Fico aliviada de ser filha única, vai saber qual nome ele colocaria em outra criança.

— Não por escolha — respondo em um resmungo.

— Só melhora. Cleópatra e César?

A risada dele ecoa pelo carro, e eu me assusto. Não sei se já o ouvi rir antes. Com certeza nunca deste jeito, gargalhando com vontade e liberdade, como se lembrando da melhor piada do mundo. Teria ficado com raiva se não estivesse tão impactada com este riso contagiante.

— Tá bom, muito engraçado. Já acabou o momento de julgar por quem eu me apaixono ou não?

Nuno respira fundo e controla o riso, ajeitando a postura e voltando ao normal depois de uma eternidade.

— Desculpa se pareceu que eu tô te julgando, não era a intenção. Eu só não entendo por que todo mundo gosta do Sete. — Ele me lança mais um olhar rápido. — E não precisa me explicar. É só que meu ex-namorado foi amigo dele por um tempo e os dois pararam de se falar de um jeito estranho. Sei lá, depois disso nunca mais fui com a cara dele.

Eu me lembro do ex-namorado de Nuno. André, se não me engano. Cheguei a vê-lo com César algumas vezes pelo campus, mas só reparei nele de verdade quando o vi com Nuno, e Analu me disse que os dois estavam namorando.

— Verdade, você namorou um dos caras da república do César. Olha só quem tá falando sobre gostar de pessoas famosinhas!

Nuno sorri e balança a cabeça.

— O André não era tão famoso. E nem ficou muito tempo morando na Detonados.

— Por que ele e César brigaram?

— Ele nunca me contou.

Deve ter sido só um mal-entendido. Nem todas as amizades são para sempre, certo? Eu mesma não tenho mais tanto contato com os meus amigos do colégio, mesmo fazendo só sete meses que não estudamos mais juntos nem moramos mais no mesmo lugar.

— E por que vocês dois terminaram? — Aproveito o momento para saciar a curiosidade que sinto há algum tempo.

Ele demora um pouco para dizer algo, provavelmente ponderando se deve ou não me contar, mas acaba cedendo.

— A gente foi se afastando, querendo coisas diferentes. Percebemos que não gostávamos mais um do outro do mesmo jeito. Ainda somos amigos.

— Isso é legal. Mostra caráter.

A expressão divertida de Nuno volta quando ele me observa pelo canto do olho.

— Bom, então eu tenho muito caráter, porque sou amigo de todas as pessoas com quem namorei. — Ele hesita por um instante e se corrige: — Tá bom, menos a Paula. A gente não se suporta.

— Por quê?

— Depois que terminamos, namorei um menino no colégio, e mesmo sabendo que eu era bissexual, ela fez um drama enorme.

Faço uma careta. Nuno contou de forma casual, mas imagino o quanto deve ter sido péssimo na época perceber que foi apaixonado por uma pessoa bifóbica.

— É, ela era péssima — ele diz, como se pudesse ouvir meus pensamentos. — E com certeza racista também.

— Ótimo talento para escolher namorados.

Ele percebe meu tom de deboche e sorri ainda mais.

— Viu? É por isso que eu sou bom em reconhecer uma pessoa babaca.

Ergo a sobrancelha.

— O César não é babaca.

Nuno não responde, apenas mantém os olhos na estrada e dirige. Apesar do silêncio entre nós, eu quase consigo *ouvir* seus pensamentos. Posso até não saber tudo sobre César, é bem verdade, mas eu não me apaixonaria por um babaca. Não tem como um babaca ter um sorriso como o dele ou ser simpático como César sempre foi. Não importa o que Nuno pense, meu coração sabe a verdade.

— Mas, e então? — diz ele quando o silêncio fica incômodo demais. — O que vai fazer pra declarar seu amor pro Sete?

— A Analu disse que eu preciso acreditar no efeito zodíaco.

Nuno faz uma careta horrível e meneia a cabeça freneticamente.

— Por favor, não ouve a minha irmã.

Deixo um riso baixo escapar.

— Olha, eu nem acredito muito nessas coisas de signos, mas ela disse que vai me ajudar, e como eu sou péssima nisso…

Só agora percebo que já estamos na rua da minha tia. O caminho até aqui pareceu longo e curto ao mesmo tempo. Nunca tinha passado tanto tempo com Nuno antes e não tenho do que reclamar, apesar dos caminhos que nossa conversa tomou. Passaria mais alguns minutos com ele sem problemas.

Ele estaciona bem na frente do prédio e desliga o carro. Estou soltando o cinto de segurança e pegando a alça da minha mochila quando o ouço perguntar:

— E se eu te ajudar?

Escuto o que ele diz e não consigo entender o que pode significar; não vejo a conexão entre a pergunta e a conversa que tivemos ainda há pouco. Viro todo o meu corpo para ele bem devagar e rebato:

— Me ajudar no quê?

— A conquistar o Sete.

— E por que você faria isso? — pergunto, com a testa inteira franzida.

— Para fazer o bem ao próximo?

Estreito os olhos, deixando que ele perceba que sei o quanto aquele argumento é forçado. Nuno joga a cabeça para trás, bufando, e continua:

— Tá bom, eu queria uma coisa, mas odeio pedir favores, então se eu pudesse te ajudar em troca, seria perfeito.

— O que você quer me pedir, Nuno?

Ele ajeita a postura novamente e me encara, seu olhar meio inseguro, e eu quase sinto vontade de dizer que ele não precisa responder se não quiser. Minha curiosidade me impede.

— Sua tia trabalha na *Fascínio*, né? — pergunta ele, hesitante.

Tia Zuzu é a irmã mais nova do meu pai e mora no interior há anos. Foi por isso que consegui vir fazer faculdade aqui. Ela, sendo a tia incrível que é, me ofereceu um quarto em seu apartamento e prometeu aos meus pais que cuidaria de mim. A proposta podia parecer um pesadelo para algumas pessoas, mas tenho sorte de morar com alguém tão divertida e carinhosa como tia Zuzu. Sinto falta dos meus pais todos os dias e não sei se teria sobrevivido ao primeiro semestre sem alguém da minha família ali comigo. Alguns podem me chamar de mimada ou qualquer coisa do tipo; a verdade é que gosto de ter as pessoas que amo por perto e não consigo imaginar um mundo em que não posso contar com um colo para chorar quando tudo dá errado. Sei a sorte que é ter tia Zuzu comigo.

Isso sem contar o quanto ela faz sucesso no trabalho: colunista de opinião da *Fascínio*, uma das maiores revistas on-line de entretenimento do Brasil. Eu mesma não perco uma coluna. Sou uma das maiores fãs da tia Zuzu.

— Sim... — respondo.

Nuno olha para a frente, coloca uma das mãos no volante e balança a perna sem parar. Parece demorar uma eternidade antes de voltar a falar:

— Você acha que consegue mostrar o meu trabalho para ela e pedir que ela me indique para algum trabalho de fotógrafo lá?

Ah, *isso*.

É claro que ser um dos fotógrafos da revista seria importante para a carreira de Nuno, sem contar a grana, que com certeza não seria ruim. Mas continuo achando a proposta esquisita.

— Em troca de me ajudar a conquistar o César, você quer uma indicação de trabalho? — pergunto, conferindo se entendi bem. Nuno assente. — E como você vai me ajudar? Bem que sua irmã me disse que você é viciado em namorar.

Ele inclina um pouco a cabeça para o lado e me encara, confuso.

— O que isso quer dizer?

— Que você conhece alguém, começa a ficar com a pessoa e, quando vai ver, já tá num relacionamento de anos.

— Isso não... Quer dizer... Que diferença isso faz?

— A diferença é que se você não é tão conquistador quanto pensa, como vai poder me ajudar?

— Você quer namorar sério esse cara, não é? Então! Quem melhor pra te ajudar nisso do que... um viciado em namoro?

Ele tem um bom argumento, não posso negar. E eu não estou realmente questionando se Nuno consegue ou não fazer alguém se apaixonar por ele. É claro que consegue, olha só para ele! No entanto, isso não quer dizer que ele faria um bom trabalho me ajudando a conquistar o César. E que tipo de pessoa eu seria se aceitasse que alguém que mal conheço fosse meu mentor na busca pelo coração do cara por quem estou apaixonada?

— Não, parece uma péssima ideia. Eu consigo fazer isso sozinha. — Apesar de dar uma resposta firme com uma expressão séria, vacilo um pouco ao encarar os olhos de Nuno. Mordo o lábio e suspiro, dizendo: — Mas posso falar com a minha tia sobre você mesmo assim.

As sobrancelhas dele sobem e seus olhos brilham, radiantes. Um sorriso animado pulsa em seus lábios e eu quase o acompanho, envolvida por aquela alegria.

— Sério?

Reforço o que disse balançando a cabeça.

— Obrigado mesmo!

Aquela conversa se torna esquisita para nós dois e apenas forço um sorriso, agradeço pela carona e pulo para fora do carro. Ainda estou parada na frente da porta do prédio da tia Zuzu, procurando a chave no bolso da mochila, quando o ouço me chamar.

Olho para o carro ainda parado e sustento o olhar de Nuno pela janela aberta do lado do passageiro. Ele está um pouco curvado para conseguir me ver, mas não parece desconfortável. Sua voz está só um pouco mais elevada, mas o ouço direitinho quando diz:

— Se precisar, a proposta ainda está de pé.

É fofo da parte dele, mas sei que não vai ser necessário.

3

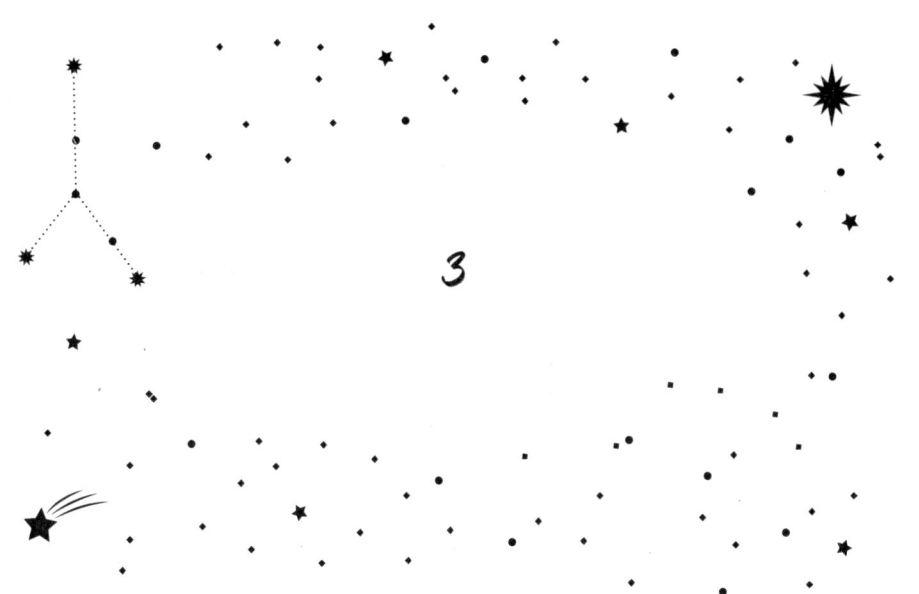

A vida universitária é difícil. Uma hora você é uma adolescente no colégio e na outra você continua sendo uma adolescente, mas sobrecarregada com um trilhão de coisas para estudar e gastando mais dinheiro em xerox do que achava possível. Ninguém me preparou para isso: já tenho uma pilha considerável do primeiro semestre e cá estou eu novamente, parada numa fila de dez pessoas, esperando para gastar o pouco dinheiro que me resta com textos de Introdução aos Estudos Literários.

— Eu nem sei como vou ter tempo de ler esse ensaio — reclama Analu ao meu lado, encostada na parede e parecendo exausta.

Até hoje não sei como ela dá conta de acordar tão cedo todos os dias, indo dormir tão tarde como ela dorme.

— Bixete, você por aqui!

Meu coração saltita quando ouço a voz de César bem atrás de mim. Ele se aproximou sem eu ver e agora está atrás de nós na fila. Seu perfume é tão envolvente e forte que respiro bem fundo para apreciá-lo mais. Quase fico zonza, mas vale a pena.

— Oi, César — respondo, tentando sorrir.

Ele encara Analu e abre aquele sorriso que eu adoro.

— Ana Paula, né?

— Analu. Oi.

Não preciso olhar para a minha amiga para perceber a irritação em sua voz.

César solta um riso fofo e coça a nuca, desajeitado. As bochechas dele ficam meio rosadas de vergonha e meu corpo quase vira uma pocinha no chão, porque é impossível não se derreter por um cara tão bonito como ele.

— Foi mal — diz ele, soando sincero.

— Ela adora astrologia. — Não sei por que solto essa informação. César não perguntou nada e Analu não parece interessada em estreitar relações, mas sinto que preciso dizer algo para deixar o clima melhor, e essa foi a primeira coisa que pensei. — Ela sabe ler mapas e adora buscar as previsões da Susan Miller.

— Legal — diz César, olhando para minha amiga mais uma vez e fingindo interesse.

— Obrigada por falar sobre minha vida para um estranho, Cléo — ironiza Analu.

César ri, não sei se do comentário dela ou de mim, me achando esquisita. Só sei que o olhar dele no meu me causa calafrios.

— Bixete, posso te pedir um favor? — pergunta ele, em um tom de voz mais baixo e aveludado.

Não tenho mais fôlego para dizer nada, então só balanço a cabeça.

— Meus amigos tão me esperando pra almoçar. — Ele me entrega um livro com páginas marcadas e uma nota de dez reais. — Você pode pedir pra fazerem cópias de onde marquei, deixar pago e avisar que venho pegar depois?

César nunca tinha demonstrado confiar em mim deste jeito. O friozinho que invade minha barriga me distrai, mas não o suficiente para eu esquecer que ele está me encarando, esperando uma resposta. Engulo em seco e sorrio ao dizer:

— Claro.

Ele está satisfeito, toda a expressão suave e acolhedora que se acentua no rosto dele mostra isso. Então ele faz com que eu tenha certeza de que nunca mais vou respirar na vida, tocando meu antebraço e apertando-o delicadamente entre seus dedos.

— Valeu.

— O prazer é meu.

Arregalo os olhos na mesma hora. Não é incomum que o meu cérebro dê uns defeitos e me faça soltar respostas erradas. Um "obrigada" no lugar de "bom-dia", ou responder um "de laranja" quando perguntam "gelo e açúcar?". As conversas mudam o roteiro que temos na nossa cabeça e confusões como essas acontecem. Quero poder fugir dali, mesmo não tendo mentido. É sempre um prazer encontrar César.

Ele se diverte com minha reação, dá uma piscadela e sai andando.

— Cléo, você sabe que eu te adoro, né? — diz Analu, apoiando o cotovelo no meu ombro. — Mas com todo o respeito que tenho por você: esse foi o momento mais constrangedor da minha vida. A gente precisa começar logo a pensar em como o efeito zodíaco pode te ajudar.

Analu está certa, eu sou péssima nisso. Não sei como me comportar perto de César. Mas também não sei se confio em minha amiga e nos astros para resolver o meu problema de timidez exagerada. Meu cérebro estala na mesma hora, lembrando-se da oferta que recebi há alguns dias. Na hora não me pareceu muito interessante, mas mal não vai fazer, né?

Afasto o braço de Analu do meu ombro e pego o celular no bolso, procurando o contato de Nuno numa rede social sem que ela note. Vou nas mensagens diretas, digito apressadamente e envio antes que mude de ideia:

Acho que vou aceitar sua proposta.

4

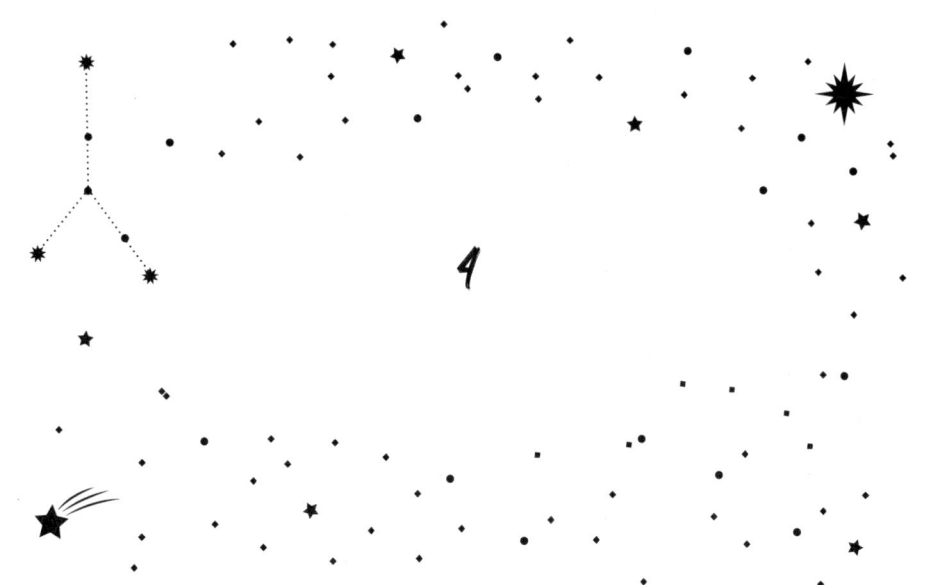

— Meu Deus, você ainda tem um troço desses!

Nuno está no meio do meu quarto, segurando o meu Furby na mão com um sorriso no rosto. O bichinho tem orelhas, olhos e patinhas de plástico, mas o resto do corpo é todo coberto por uma pelagem azul-clara que ainda está impecável devido à limpeza constante que faço. Não é porque não funciona há anos que vou parar de cuidar dele. Eu dei o nome de Caique quando tinha dez anos (obviamente era o nome da minha paixonite da época).

Me aproximo de Nuno e pego Caique da mão dele, abraçando o brinquedo e olhando feio para o irmão da minha melhor amiga.

— Não chama ele de troço!

— Eu morria de medo desses bichos.

Aperto mais ainda o Caique entre meus braços e dou um beijo na cabeça dele, voltando a colocá-lo na minha mesinha de cabeceira.

— Ele é fofo. E importante pra mim. Foi o último presente que minha avó me deu antes de morrer.

Sinto falta da vovó. Ela morava comigo e com os meus pais, fez parte de toda a minha infância e era uma das pessoas mais importantes da minha vida. Ainda é, mesmo não estando mais ao meu lado. No meu aniversário de dez anos, ela sabia que eu esperava ganhar um Furby e veio me entregar o boneco antes da festa começar porque não queria que eu ficasse ansiosa esperando para abrir os presentes. Sinto muita, muita falta da vovó. E olhar o Caique ao lado da minha cama todos os dias me faz sentir que ainda tenho um pedacinho dela comigo.

— Ah, se ele tem valor sentimental, eu entendo. Olhando seu quarto, você é meio apegada ao passado, né?

Olho em volta para avaliar meu quarto pelos olhos de Nuno. Tenho um mural enorme de fotos, a maioria de quando era criança, mas também algumas minhas com Analu. Guardo a coroa de flores, já seca, que usei na primeira comunhão em um quadro pendurado na parede, mesmo não sendo religiosa hoje em dia. Tem uma pilha de revistas velhas num canto da escrivaninha e mais alguns ursinhos de pelúcia que tenho desde pequena. A colcha cobrindo minha cama é verde-clarinha e tem pequenos desenhos da Tiana, mas não me importo que isso pareça infantil. Eu amava ver *A princesa e o sapo* quando era criança, e esse filme sempre vai ser importante para mim.

— Não tem problema nenhum em ser um pouco nostálgica. E eu não te chamei aqui pra julgar o meu quarto.

Nuno se senta na ponta da minha cama e balança a cabeça.

— Claro, foi pelo plano pra conquistar o Sete.

Puxo a cadeira de rodinhas que está na frente do meu computador e a posiciono diante de Nuno antes de me sentar.

— Você disse que podia me ajudar. Então, vamos lá.

Ele se apoia com as mãos no colchão e ri.

— Não é assim, Cléo. Eu preciso entender melhor a situação.
Ergo as sobrancelhas, confusa.
— Você não vai, sei lá, me falar tudo o que um cara gosta numa menina? Me fazer usar roupas provocantes? Fingir ser mais descolada?
Nuno inclina a cabeça e me encara.
— É isso que você quer que eu faça?
Não, mas é o que achei que ele ia fazer. Já vi nos filmes como funciona. Sei que não me visto como a maioria das garotas que chamam atenção no campus se vestem, os garotos no colégio também nunca deram bola para mim. Uso blusas e saias largas, porque odeio sentir o tecido grudando no meu corpo ou marcando minhas dobrinhas. Sei que não é esse o look sexy que alguns caras esperam, mas talvez César curta outro estilo. Ele me chamou de linda naquele dia, mas podia só estar sendo legal comigo e não falando com sinceridade.
— Você não precisa mudar quem é pra conquistar alguém — diz Nuno, sem esperar que eu responda. — Ninguém gosta de ficar com uma pessoa que tá fingindo o tempo todo só pra agradar.
Sei que ele está certo, mas ainda estou insegura. Mordo o lábio e pergunto, sem graça:
— Mas e se o César não me achar bonita desse jeito?
Nuno joga o corpo para a frente e apoia os cotovelos nos joelhos, trazendo o rosto para mais perto de mim e me fitando intensamente. Sua voz está baixa e mais séria quando ele enfim diz:
— Ele seria um otário.
A gente continua se olhando e quase tenho a impressão de que nenhum dos dois está piscando. Ou respirando. Será que Nuno consegue ouvir meus pensamentos? Porque o jeito que ele está me encarando me faz acreditar que sim. E não consigo virar o rosto.

É como se seus olhos castanhos tivessem o poder de me tragar e me manter bem aqui, presa e enfeitiçada. Minhas bochechas estão fervendo e um calafrio toma conta do meu estômago. O que está acontecendo?

— Cléo, eu queria... Ah! — Tia Zuzu entra afobada no meu quarto e para na hora em que vê Nuno. — Não sabia que tinha gente aqui. Um garoto.

Fico constrangida na mesma hora, entendo muito bem a expressão divertida que aparece no rosto de titia. Nós somos muito parecidas fisicamente, eu ouço esse comentário desde criança. O mesmo tom de pele, o mesmo olhar, o cabelo muito parecido, apesar do dela ainda ter a cor natural. Nossas personalidades, no entanto, são absurdamente diferentes. Tia Zuzu é extrovertida e sempre se torna o centro das atenções. Eu a amo demais.

Nuno se levanta e a cumprimenta:

— Oi. Eu sou Nuno, amigo da Cléo.

É estranho vê-lo se apresentar como meu amigo. Sempre pensei em Nuno como o-irmão-da-minha-melhor-amiga. Em que momento entre me ajudar a conquistar outro cara e trocar olhares intensos a gente se tornou amigo?

— Ah, você é o garoto fotógrafo que a Cléo me falou!

Nuno se vira para mim sorrindo, grato por eu realmente tê-lo indicado. Forço um sorriso também e ignoro que meu rosto fica quente mais uma vez.

— Ela me mostrou umas fotos suas, são lindas. Vou indicar você pro meu chefe. Não prometo nada, mas ele sempre ouve a Zuzu aqui, então... — Titia faz uma figa com a mão e sorri. — Fica torcendo!

— Obrigado!

— Agora, vocês querem assistir a um filme? — pergunta ela.

— Estou cansada e queria passar a tarde vendo algo legal. Topam?

Nuno dá de ombros e concorda. Titia nem espera minha resposta antes de sair animada do quarto, avisando que vai tomar um banho rápido e pedindo para a gente fazer pipoca.

— Ela parece incrível!

Me levanto da cadeira e paro com os braços cruzados ao lado de Nuno.

— Você não deveria estar me ajudando a pensar em como seduzir o César em vez de ficar fazendo amizade com a minha tia?

Nuno estreita os olhos.

— Tá com ciúme?

Meu queixo cai em descrença e franzo a testa.

— Vai sonhando.

Nuno ri baixinho e passa as mãos pela cabeça.

— Relaxa. Como eu te disse antes, preciso entender o que existe entre vocês dois para saber como te ajudar. Você me conta tudo enquanto fazemos a pipoca.

Então vamos para a cozinha e começo a estourar o milho enquanto explico melhor para Nuno a minha relação com César. As vezes que nos esbarramos na faculdade, as poucas conversas que tivemos. Falo até sobre o que aconteceu na xerox. Nuno ouve tudo com atenção e nem mesmo se distrai com os estouros na panela cada vez mais altos. Quando finalmente terminamos e vamos para a sala nos sentar no sofá e esperar minha tia, ele respira fundo e fala:

— Resumindo... Vocês nem são amigos direito.

Minhas bochechas voltam a ferver enquanto penso em uma resposta. Nuno levanta a mão, como se quisesse interromper minha linha de pensamento, e diz:

— Tá tudo bem. Vamos conseguir trabalhar com isso. Você disse que sempre encontra ele no almoço, né? Então amanhã eu encontro você no bandejão e começamos a trabalhar.

Sorrio, contente com aquela perspectiva.

— Obrigada pela ajuda.

Nuno se ajeita no sofá, jogando os pés descalços sobre a mesinha de centro e segurando o pote de pipoca no colo. Seu rosto está virado para mim quando ele diz:

— Obrigado por falar com a sua tia sobre mim.

Tia Zuzu aparece de repente na sala com os cachos ainda molhados e pega um pouco de pipoca antes de procurar entre seus DVDs o que vai colocar. Minha tia é muito apegada à sua coleção, mesmo sendo uma forma ultrapassada de ver filmes.

— A que vamos assistir? — pergunta Nuno, enchendo a boca de pipoca.

Tia Zuzu se vira com um sorriso enorme e mostra a capa do DVD para a gente. *Sem medo no coração*, um filme de 1993 sobre o quanto o Tupac e os cílios dele eram lindos. Tudo bem, não era sobre isso, mas é uma parte importante da experiência, eu diria. É o filme favorito de titia e não me surpreende que ela o tenha escolhido agora.

— Legal — diz Nuno. — Nunca vi.

Espero que ele esteja preparado, porque está prestes a me ver chorar.

5

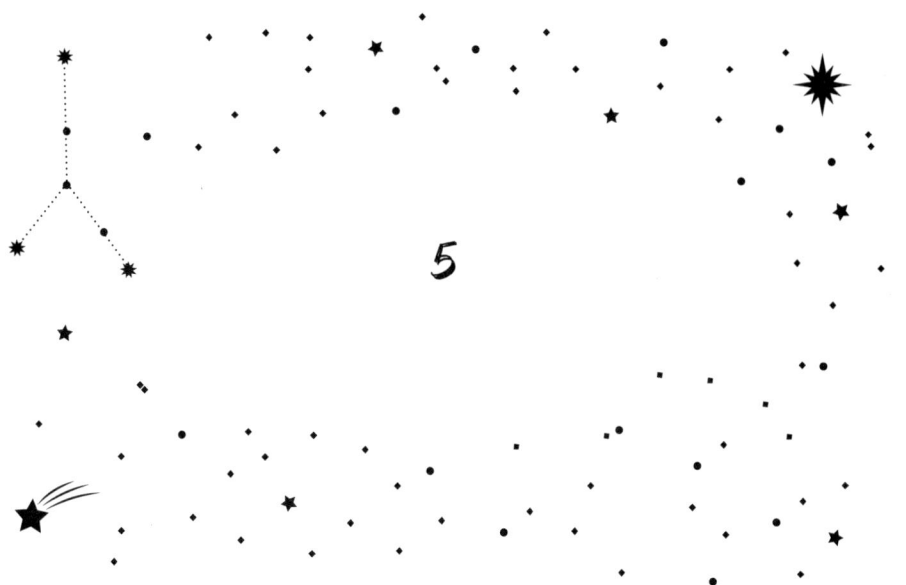

Estamos há quase meia hora no restaurante universitário e nada de César.

— Tem certeza que ele vem hoje? — pergunta Nuno, sentado ao meu lado, comendo bem devagar.

— Tenho. Ele sempre tá por aqui.

Continuo olhando em volta, aproveitando que já terminei de comer, e busco por César entre as poucas pessoas por aqui. Estamos há tanto tempo esperando que metade das pessoas já foram embora.

— Sabe, se um dia você começar a namorar o Sete… — Olho para ele, atenta ao conselho. — Toma cuidado pra não ver um filme que te deixa emocionada logo no começo do namoro. Pode ser assustador.

Sei que Nuno e eu não somos tão próximos, mas não sou muito boa em segurar o choro. Entendo que ele tenha se surpreendido com o tanto de vezes que chorei assistindo ao filme do Tupac. Não tenho vergonha disso, então apenas levanto o queixo e respondo:

— É um filme intenso.

— Pode até ser, mas você exagerou um pouco.

— Nem vem que te ouvi fungar uma hora. — Estreito os olhos, desafiando-o.

— Alergia.

Solto um riso incrédulo.

— Tá bom. Já que você tá falando que não chorou ontem...

— Eu não chorei.

— ... quando foi a última vez que chorou então?

Nuno se inclina para a frente e foca o olhar em um ponto da mesa, parecendo pensar na pergunta. Sua expressão se torna menos intensa quando ele me olha novamente.

— Quando terminei com o André. — Estou prestes a colocar a mão no coração, me sentindo triste ao ouvir aquilo, quando Nuno balança a cabeça, sorrindo, e continua: — Não pelo término em si, nós dois já estávamos esperando que fosse acontecer. Mas eu vi um amigo dele logo depois numa festa, quando eu tava conversando com uma garota, e ele veio fazer vários comentários babacas sobre eu ser bi. Ele tava bêbado, e o André veio pedir desculpas assim que ficou sabendo, mas... Acabei chorando de raiva quando cheguei em casa.

Faço uma careta e comento, baixinho:

— As pessoas são horríveis.

— São mesmo.

Queria dizer mais alguma coisa para mostrar solidariedade, mas Nuno não está interessado em dar andamento ao assunto. Ele me oferece um pequeno sorriso e levanta a sobrancelha ao dizer com ironia:

— Não é um motivo tão bom quanto um filme de romance, mas...

Demoro um segundo para notar a mudança de tom da nossa conversa, porque ainda estou focada na história e não reparo de primeira que ele está zoando com a minha cara. Reprimo um sorriso e digo:

— Só por isso, eu vou comer a sua maçã.

Estico o braço para pegar a maçã ao lado do prato vazio de Nuno. Dou a primeira mordida ainda sustentando seu olhar e por isso não percebo quando alguém se aproxima de nós.

— E aí, Nuno!

A voz de César me pega de surpresa e quase me engasgo ao me virar depressa para ele, que está bem ao lado da nossa mesa, aquele sorriso no rosto e os braços cruzados. Seus olhos se voltam diretamente para mim.

— Oi, bixete! Valeu por me ajudar aquele dia!

Estou muito consciente dos dois pares de olhos sobre mim, mas não digo nada. Sei que Nuno espera que eu o faça, mas não sei se meu cérebro está pronto para formular palavras. Por isso só balanço a cabeça e continuo mastigando a fruta. O silêncio é constrangedor.

— Como tão as coisas na república? — pergunta Nuno, virando-se para César, empenhado em salvar o momento.

Respiro mais aliviada, grata pela atitude.

— Tá tudo bem. Entrou muito bixo agora, estamos lotados, mas é divertido. — César mais uma vez transfere sua atenção para mim. — Acho que alguns deles são da sua turma.

Eu não costumo ser tão ruim assim em conversar com César, mas ter Nuno analisando tudo deixa a situação mais esquisita. Minha timidez cresce duas vezes mais e eu só dou um sorriso forçado e mordo de novo a maçã. Sinto Nuno bater o joelho no meu por baixo da mesa, e mesmo assim não olho para ele nem respondo César.

— Sete, vocês vão fazer a festa no Dia da Independência esse ano? — pergunta ele, mais uma vez tomando as rédeas da situação.

César abre um sorriso satisfeito.

— Claro! Essa já é tradicional.

— Ótimo! Costuma ser a melhor festa do ano e um lugar muito bom pra conhecer pessoas. — Dessa vez Nuno vira todo o corpo para mim. — Você vai, né, Cléo?

Eu o odeio um pouquinho por insistir que eu fale algo, mas entendo seu plano. Ignoro os gritos dentro da minha mente e digo em um tom quase robótico:

— Eu adoro festas. Muito bom conhecer pessoas e conversar.

Vejo a decepção no olhar de Nuno, mas a risada de César é mais importante para mim naquele momento. Eu o fiz rir!

— Mas nem só de conversas se faz uma festa, né? — comenta César.

— É, beijar também é legal.

Vejo Nuno se inclinar na mesma hora, apoiando os cotovelos na mesa e entrelaçando os dedos bem na frente do rosto. Não preciso olhar para saber que ele está escondendo a boca para não rir. Meu rosto inteiro está fervendo de vergonha, eu só quero sumir dali!

Um cavalheiro como sempre, se solidarizando com minha reação, César ignora meu constrangimento e diz:

— Tá bom, acho que vou indo. Vejo vocês por aí!

Pressiono os lábios com força, com medo de dizer mais alguma besteira na hora de me despedir, e apenas aceno para César. Ele se vira e vai embora.

— *Beijar também é legal?* — Nuno soa como se estivesse segurando o riso, e imagino que esteja mesmo.

Nem me dou ao trabalho de responder. Fecho os olhos e solto um grunhido ao abaixar a cabeça, machucando um pouco minha testa ao encostá-la na mesa com um pouco de força demais. Nuno ri ao meu lado e eu continuo ali, parada e desejando que os últimos minutos não tivessem acontecido.

— É pior do que eu imaginava — conclui Nuno quando consegue parar de rir. — Mas tudo bem, vamos resolver isso.

6

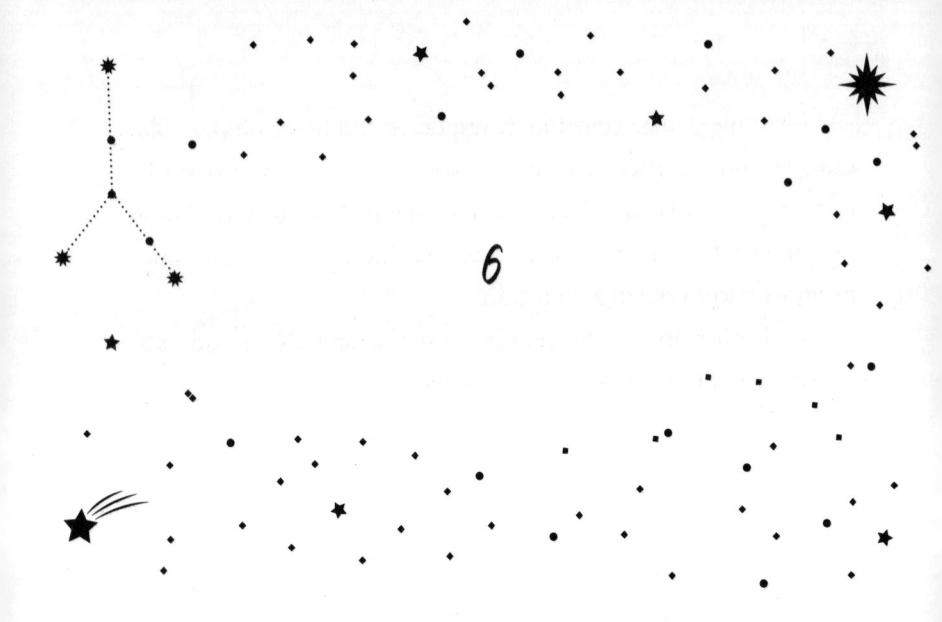

— O seu problema, Cléo, é a falta de fé.

Reviro os olhos, continuando a caminhada apressada ao lado de Analu até a lanchonete do campus.

— Não é falta de fé, é que eu te conheço. Você não leu nenhum livro do semestre passado! A gente não pode tirar nota baixa nesse trabalho, Analu. Você vai ler *Dom Casmurro* nem que eu te obrigue.

Analu faz uma careta.

— Eu não preciso ler, Cléo! Já sei tudo o que acontece. Bentinho fica sonhando em viver uma história de amor que criou na própria cabeça, casa com a Capitu, mas ama mesmo é o melhor amigo, Escobar. E, no final, desgraça. Fim.

Chegamos à lanchonete e me sento na mesa de sempre. Jogo a mochila na cadeira vazia ao meu lado e penso um pouco sobre o resumo de Analu. Errada ela não está.

— Você fez o Bentinho parecer um romântico.

— Não romântico como eu e você, só tô falando que ele tem esse ideal de amor impossível.

Fico reflexiva com esse comentário e passo alguns segundos em silêncio antes de retomar a conversa:

— O que faz um ideal de amor ser impossível?

Analu me encara um pouco, tentando compreender minha pergunta.

— Não sei. Talvez seja o tanto de tempo que ele passa sendo ideal? Sei lá, nossas fantasias vão ficando cada vez mais inalcançáveis.

Será que estou sendo esse tipo de pessoa? Sonho em me apaixonar há tanto tempo que nem sei mais quando isso começou. Poder viver esse sentimento se tornou meu objetivo, mas será que estou pronta para entregar o meu coração?

— E se o inalcançável for possível? — As palavras saltam de mim sem que eu perceba. — Não é só porque eu sonho com o amor que ele precisa ser irreal, né? É difícil controlar seu coração quando ele fica inquieto só de você pensar em estar apaixonada, sabe? Por mais que você tente ser sensata, não dá. Não existe razão na emoção e algumas vezes você só não tem controle sobre como se sente. É tão errado assim adorar um sentimento tão bonito?

Encaro minha amiga procurando uma resposta que sei que ela não pode me dar, mesmo assim sinto a compaixão em seu olhar.

— Eu não tava falando de você — responde Analu, depressa. — Desculpa se pareceu isso.

— Não, você não disse nada. Só tô pensando alto.

— Tá tudo bem sonhar em viver um grande amor, Cléo. É mais forte que você, seu sol em Câncer não te deu nenhuma chance.

Solto um riso baixo.

— É, meus pais bregas também não ajudaram. Não dá pra ter outra expectativa na vida que não seja a de ser uma grande trouxa tendo pais que se apaixonaram aos cinco anos de idade.

Analu apoia o queixo na mão e suspira, sorrindo.

— Eu amo essa história. Seus pais são incríveis.

— São mesmo. Sinto falta deles.

Sei que faz menos de um mês que voltei das férias, mas é tão difícil ficar longe do papai e da mamãe. Nenhum dos dois gosta muito de conversar pelo celular, então nossa comunicação é bem escassa, o que deixa meu coração pequenininho de saudade.

— Ei, não fica assim. — Analu estica o braço para apertar o meu ombro delicadamente. — Se quiser, dorme lá em casa hoje e a gente assiste a algum filme que você gosta. E, se fingiu saudade dos seus pais só pra me manipular e conseguir escolher o filme, eu te mato.

O tom sério de ameaça de Analu arranca um riso sincero de mim. Tive muita sorte de encontrá-la nesta vida e sou capaz de tudo para mantê-la por perto. Algumas pessoas são preciosas demais para deixarmos escapar.

— Quando que eu já te manipulei?

— Teve aquela vez que você queria ver comédia romântica e eu queria ver drama, e você acabou me convencendo a fazer a sua vontade. — Analu balança a cabeça. — Pura manipulação emocional canceriana.

— Nem toda canceriana é manipuladora!

Analu estreita os olhos.

— Isso é exatamente o que uma canceriana manipuladora falaria.

— Você é ridícula — digo, rindo. — Mas fica pra outro dia. Hoje eu não posso, tenho um compromisso.

Que não sei qual exatamente vai ser, já que Nuno não quis me dizer o que faremos mais tarde. Guardo essa parte da informação para mim mesma e espero pelo melhor.

7

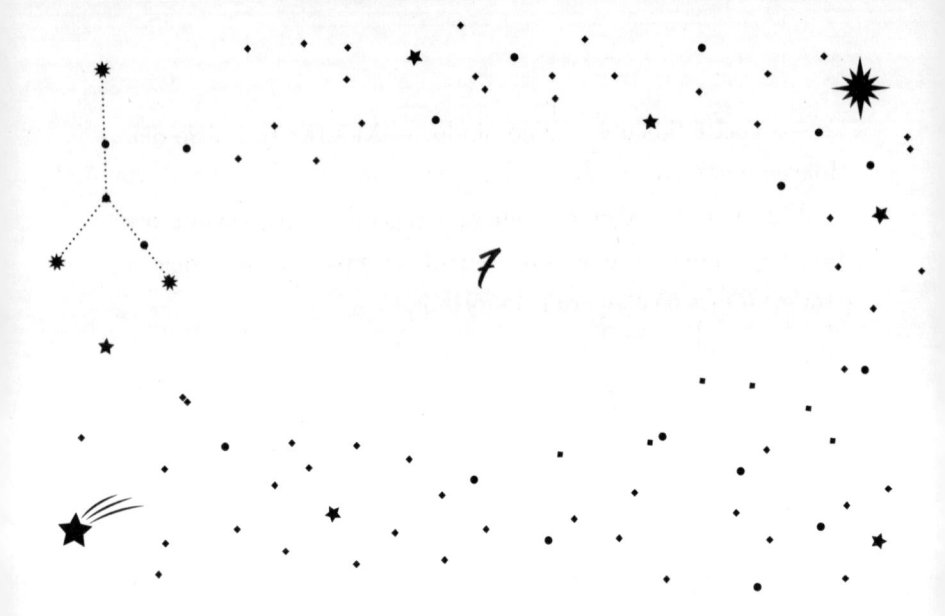

Eu odeio bares.

Estamos num lugar lotado, com música ruim ao vivo, calor, barulho e bebidas alcoólicas, sendo que eu nem bebo. A primeira e última vez que tentei, acabei passando muito mal e chorando por horas, então achei mais seguro nunca repetir. Mas, resumindo, este é o último lugar em que escolheria estar numa noite de sexta-feira, se eu tivesse qualquer opção.

— Me lembra de novo por que eu deixei você me trazer aqui? — digo, precisando me aproximar de Nuno e falar mais alto que o normal para ser ouvida.

— Você já esqueceu como falou com o Sete esta semana?

Sinto minhas bochechas queimarem de vergonha.

— Não, mas não tenho certeza de que esse seu plano faz tanto sentido assim.

Nuno segura meu cotovelo suavemente e me puxa para um canto mais tranquilo do bar, onde tem uma mesinha redonda vaga. Nós nos sentamos ali, longe do cantor mediano que já irrita meus ouvidos.

— Você precisa aprender a não ficar tão nervosa quando flertar com alguém.

Levanto a sobrancelha, cruzando os braços.

— Eu sei como flertar, Nuno.

— Certeza? Quando foi a última vez que flertou? — questiona ele, estreitando os olhos.

Não consigo me lembrar, mas estou decidida a não lhe dar essa resposta.

— Não importa. Não pedi sua ajuda para aprender a flertar, pedi para me ajudar a conquistar o César.

Nuno encosta o cotovelo na mesa e joga o corpo para a frente, se aproximando mais de mim.

— E é isso o que estou tentando fazer. Cléo, você não precisa mudar quem é pro Sete se interessar, só precisa deixar ele te conhecer. Você é tímida e fica nervosa quando ele tá por perto, e é por isso que hoje à noite vamos treinar com outras pessoas.

Respiro fundo.

— Tá, tá. Vamos logo com isso.

— Esse é o espírito! — Nuno ri e olha em volta, analisando as pessoas ao redor. — Que tal aquele cara no bar?

Olho para onde ele indica com o queixo. Já vi aquele rapaz ruivo pelo campus. Está sempre de coque, e sua barba cheia parece despertar o interesse de muitas garotas na faculdade. Nunca vi graça nele.

— O Breno não faz o meu tipo.

Nuno olha para mim com interesse e sorri.

— Por mais que eu esteja muito curioso para saber o que exatamente você define como "seu tipo", isso não importa agora.

O objetivo é você treinar para não ficar sem reação como foi com o Sete, e não se apaixonar, casar e ter três filhos só porque alguém olhou pra você.

Reviro os olhos mais uma vez.

— O que você quer que eu faça? Vá até lá e puxe papo com ele do nada?

— Exatamente.

Levanto as sobrancelhas, surpresa.

— Eu nunca falei com ele antes. O Breno nem deve saber quem eu sou, vai me achar uma estranha.

Nuno inclina a cabeça.

— Você tá pensando demais. Esse é o seu maior problema. Você fica pensando muito e acaba sem saber o que fazer. Chega de pensar! Levanta e vai lá.

Não me sinto motivada por seu discurso, mas sim desafiada. A ideia de deixá-lo achando que não sou capaz de fazer isso me faz levantar da cadeira e caminhar até Breno. Estou confiante, ainda mais sabendo que Nuno observa cada movimento meu entre a multidão de pessoas. Tenho certeza de que vou conseguir fazer minha parte, mas assim que chego perto o suficiente para cutucar o ombro de Breno e puxar assunto, a realidade da situação me alcança e fico nervosa. Me viro e volto para a mesa, ignorando a reprovação no olhar de Nuno.

— Parabéns.

Encaro-o irritada com seu tom irônico e digo:

— Por que não vai você, já que é tão simples assim?

— O Breno é hétero, não vou conseguir flertar com ele.

— Não precisa ser o Breno. A gente escolhe outra pessoa.

Desta vez, olho ao redor com Nuno, animada com a perspectiva de vê-lo ser tão covarde quanto eu. Ou pelo menos torcendo que fosse assim. E se ele acabar interessado por alguém e me deixar sozinha ali? A ideia não me agrada nem um pouco.

— Pode ser ela — diz Nuno, apontando para uma garota dançando com outras duas não muito longe da gente.

Eu sei quem ela é. Olga, terceiro ano de Letras. Tive o desprazer de conhecê-la no dia do meu trote e não gosto dela desde então. Faço uma careta.

— Ela não.

Nuno nota minha reação e pergunta:

— Qual o problema com ela?

— Ela é minha veterana, tava lá no dia do meu trote. Eu pedi para não jogarem tinta no meu cabelo e ela riu, falou que era bobagem e jogou mesmo assim. Ainda deu uma espalhada, falando que tava bonito. Péssima, odeio essa garota.

Consigo ver pelo jeito que pressiona os lábios que ele quer rir.

— Isso é motivo para *odiar*?

Dou de ombros.

— Posso perdoar, mas não vou esquecer. Me reservo o direito de não gostar dela por isso.

— Eu não posso dar em cima de alguém porque você é rancorosa?

Ergo as sobrancelhas, franzindo a testa com indignação.

— Eu não sou rancorosa!

— Claro que não — diz Nuno em um tom de deboche. — Então com quem eu falo?

— Não vai me ajudar em nada você conseguir beijar alguém.

Ele se joga no encosto da cadeira, o olhar em mim.

— Aí voltamos pro plano inicial de você flertar com alguém.

— Esse seu plano é muito besta. Acho que eu nem deveria ter vindo — respondo, com uma careta descontente.

Nuno joga a cabeça para trás e respira fundo de um jeito dramático, mas quando me encara novamente, ainda tem uma expressão divertida no rosto.

— Você não tá me ajudando a te ajudar.

— Não quero dar em cima de um desconhecido — digo, dando de ombros.

— Tá bom, então dá em cima de mim.

Apesar do barulho no bar, consigo ouvir com clareza o que Nuno diz, o que não consigo é *compreender* o que aquilo quer dizer. Pisco várias vezes, tentando achar sentido naquelas palavras, até que desisto.

— O quê? — pergunto para ele num tom de voz agitado e confuso.

— Nós não somos desconhecidos. Se é esse seu problema, então vai, dá em cima de mim.

Mostrando o quanto está disposto a seguir com a ideia, Nuno inclina o corpo mais para a frente e abre um pequeno sorriso desafiador. A luz precária do ambiente parece empenhada em tornar as feições de Nuno ainda mais perfeitas com seu jogo de luz e sombra. Prendo a respiração por um segundo, me dando conta de que estou sentada naquela mesa de bar com ele, numa sexta à noite, e imagino o que as pessoas ao redor devem estar imaginando — com certeza querem saber como eu consegui prender tanto a atenção dele, que parece ignorar todo o resto.

Engoli em seco, dando razão ao friozinho na minha barriga.

— É estranho demais.

— Vai, Cléo. Nem deve ser tão difícil assim pra você dar em cima de alguém. — Ele repuxa os lábios para o lado, e o impacto daquele sorriso me acertou de jeito. — Dois segundos olhando pra sua boca e a pessoa já deve ter vontade de te beijar.

Eu disse friozinho na barriga? Tem um furacão enorme dentro de mim! Minhas bochechas queimam tanto que tenho medo de ter fumacinhas saindo e não sei muito bem o que responder. Nuno acabou de me dizer tudo isso lançando um olhar cobiçoso para os meus lábios, e continua assim por um tempo longo demais antes de voltar aos meus olhos. Balanço a cabeça e limpo a garganta, tentando manter o autocontrole ao perguntar:

— O que você tá fazendo?

— O que você não tá fazendo.

Nuno está flertando comigo.

Repito: Nuno. Está. Flertando. Comigo.

Tenho consciência o suficiente para entender o motivo de ele estar fazendo isso. Ele quer me forçar a reagir e dar vida ao seu plano sem noção. E, mesmo assim, meu cérebro não parece saber como avisar ao resto do corpo que aquele flerte é um alarme falso. Ainda sinto o ritmo do meu coração completamente desajustado e um calafrio percorre minha coluna ao ser o foco de Nuno.

— Para de me olhar assim!

— Assim como?

— Como se quisesse...

— Quisesse...?

Talvez seja parte do plano dele me deixar constrangida, me empurrar ao limite para eu reagir ou desistir. Eu pedi para Nuno me ajudar a conquistar César e é isso o que ele está tentando fazer. Ou talvez ele só quisesse me provocar. De qualquer forma, nós dois podemos brincar disso.

Cruzo os braços e estreito os olhos.

— Você acha que dar em cima de alguém é fácil só porque provavelmente não precisa se esforçar.

Nuno carrega a voz de ironia ao me responder:

— Claro, ser homem, negro e bi me faz receber muita atenção.
— Justo. Mas vai dizer que sua aparência não ajuda?

Nuno ergue as sobrancelhas e consigo perceber sua surpresa. Ele não esperava que eu desse corda para o jogo dele. Para ser sincera, eu também não.

— E como é a minha aparência?

Apoio o cotovelo na mesa, me inclinando para a frente e chegando mais perto ainda dele. Mordo o lábio, contendo um sorriso, e mantenho os olhos em sua boca, imitando o que ele tinha feito comigo.

— Lábios perfeitos, sempre bem vestido. Sua pele parece bastante macia...

Aproximo minha mão da de Nuno, que está repousada na mesa. Deslizo o indicador por ela e subo vagarosamente até o pulso, percebendo que eu estava certa. A pele de Nuno é tão macia que não quero parar de tocá-la. Deixo meus outros dedos seguirem o primeiro, acariciando com delicadeza o antebraço. Por um segundo, esqueço onde estamos e o que estávamos fazendo, me concentrando em sentir a pele de Nuno na ponta dos meus dedos. Ele não afasta o braço e eu não tenho coragem de encará-lo, mesmo sentindo os olhos dele sobre mim. Estou quase alcançando seu bíceps quando percebo que ele se arrepia e sinto o mesmo acontecer comigo, como se uma corrente elétrica tivesse passado entre nós.

Puxo a mão de volta e enfim encaro os olhos escuros e brilhantes de Nuno, me olhando intensamente. Sua voz está mais grave quando ele fala:

— Acho que você dá conta do Sete.

Levanto o queixo, determinada a ignorar meu rosto fervendo, e sorrio, satisfeita.

— Eu avisei.

Nuno esfrega o braço, como se quisesse fazer sumir o arrepio e a memória do meu toque em sua pele, mas não desvia o olhar.

— E por que é mais fácil fazer isso comigo do que com o Sete?

É uma boa pergunta. Nunca teria conversado com César como estou fazendo com Nuno esta noite. Nunca teria tido coragem de tocá-lo como toquei em Nuno. Só a ideia de fazer isso já me deixa inquieta.

— Não sei. Menos pressão, talvez? Eu não fico pensando o tempo todo se você gosta de mim ou não.

— Então deveria tentar se preocupar menos quando estiver com ele também. Além disso, eu já te disse: se o Sete não gostar de você, ele é um otário.

Nuno está certo, ele já me disse isso, mas desta vez parece ainda mais intenso. Sei que está sendo sincero, porque vejo em seu olhar. Não sei como parar de encará-lo, nem se quero. O mundo inteiro parece ficar mais calmo quando nossos olhos se encontram, enquanto meu coração não poderia estar mais agitado. A sensação é boa e não quero que termine.

— Vamos embora? — Ele se levanta antes de eu responder. Não faço mais tanta questão de ir embora, mas imito seu gesto na mesma hora. — Você tava certa, meu plano é besta.

Nós dois saímos do bar, sem ter consumido nada ou falado com qualquer outra pessoa. Quem estava lá deve ter achado nosso comportamento estranho, mas estou feliz por ter ido, até, e, honestamente, um pouco triste de estarmos indo embora.

Assim que chegamos na calçada, onde ainda tem bastante gente, mas bem menos barulho, seguro o braço de Nuno para atrair sua atenção e fazê-lo andar mais devagar.

— De qualquer forma, obrigada por tentar me ajudar — digo com um sorriso sincero.

— Vou tentar mais na próxima vez, prometo. — Ele também abre um sorriso, mas não parece chegar aos seus olhos.

Nuno não está animado com sua promessa.

Eu sorrio mais, contente por saber que teremos uma próxima vez.

8

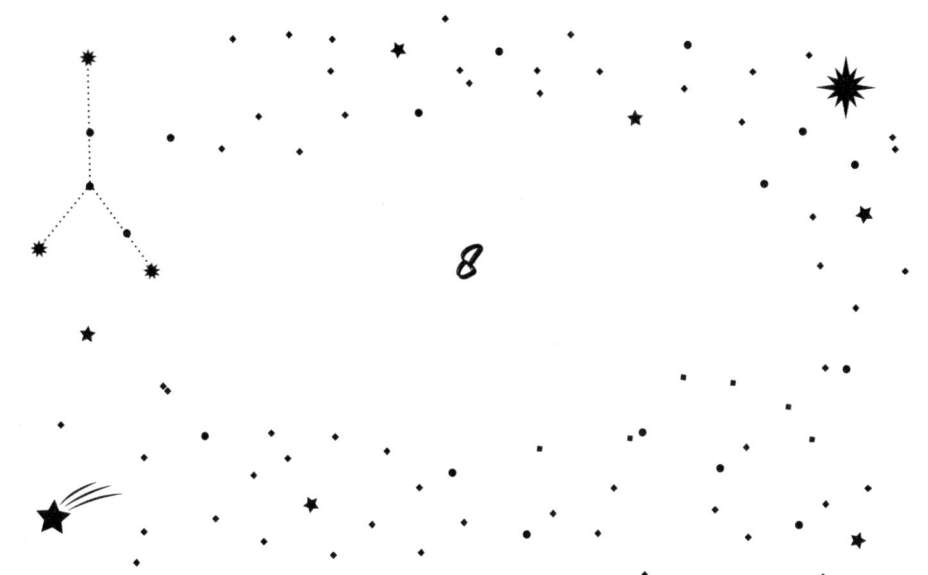

—Tá dizendo aqui que os cancerianos estão com mais força no amor esta semana. Talvez seja um bom momento para se aproximar do César.

Estou sentada na poltrona perto da janela na sala de Analu enquanto ela está deitada no sofá com o notebook na barriga, lendo nosso horóscopo. Eu não pedi as previsões do meu signo, mas ela insistiu, dizendo que era importante para dar andamento ao efeito zodíaco. A verdade é que eu nem estou prestando atenção no que ela diz, mas sim me perguntando se Nuno está em casa. A gente não se vê desde a noite do bar na semana passada, e ando aflita por notícias dele.

— Seu irmão saiu? — pergunto de repente, chamando a atenção de Analu na mesma hora.

— Por que você quer saber do Nuno? — A testa da minha amiga está enrugada e expressiva.

— Por nada. Só curiosidade.

Analu fecha o notebook e o coloca na mesinha de centro, jogando as pernas para fora do sofá e se sentando.

— Engraçado, porque o Nuno também tem feito muitas perguntas *só por curiosidade* sobre você.

— É? O que ele tem perguntado?

Levo um susto ao perceber o quanto quero saber isso, mas sei que ela não vai me falar quando vejo seu olhar suspeito.

— Quando vocês dois viraram amigos?

Dou de ombros.

— Sei lá. Seu irmão tá me ajudando, só isso.

— Ajudando no quê?

— A conquistar o César.

Analu abre a boca, parecendo mais ofendida do que chocada.

— Você foi pedir ajuda *pro Nuno*? Quando *eu* estou fazendo o meu *melhor* pra descobrir como os astros podem ajudar vocês?

— Sem ofensa, Analu, mas eu não acho que o seu efeito zodíaco vai dar em algo.

Ela cruzou os braços, evidentemente ofendida.

— Então me fala como o meu irmão tá te ajudando, quero saber.

— Eu fui meio inútil até agora.

A voz de Nuno pega nós duas de surpresa e viramos na mesma hora para a porta do quarto dele, de onde tinha acabado de sair. Nuno está com cara de sono, usando uma blusa preta meio velha e uma calça de moletom cinza. Estava dormindo.

— Mas eu tenho um plano pra *Indetonados*.

A festa do Dia da Independência da Detonados. Eu não estava planejando ir, mas, mesmo com sono, Nuno olha para mim com tanta confiança que sei que não vou ter como negar.

— Você não sabe se a festa vai ser num bom dia pra se conquistar um leonino — desafia Analu, determinada a reconquistar o cargo de conselheira oficial.

Nuno se senta ao lado da irmã e solta um grunhido alto.

— Chega disso de astrologia, Analu! Não faz nenhum sentido.

— Nem tudo precisa fazer sentido. Algumas coisas só são.

— *Nem tudo precisa fazer sentido. Algumas coisas só são* — Nuno repetiu fazendo uma voz fina e irritante.

Analu respondeu dando um tapa forte no braço dele, que gargalhou e repetiu mais uma vez a imitação. Já vi os dois assim mais de mil vezes, de implicância e agindo como se odiassem, quando sei que fariam qualquer coisa um pelo outro.

Analu se recompõe, me encarando com o olhar fuzilante.

— Eu não acredito que você prefere os conselhos dele do que os meus.

— Não é isso! Eu prestei atenção no que você disse sobre signos. Mas as afinidades entre meu signo e o do César não vão me ajudar muito se eu não conseguir nem falar com ele.

Analu ainda está contrariada, mas se vira para o irmão mesmo assim.

— E qual é o seu *grande plano* pra festa?

Nuno olha para mim, provocando em mim as mesmas reações da noite do bar. Um pequeno sorriso se abre nos lábios dele ao responder:

— Vou dar um jeito de deixar os dois pombinhos sozinhos.

— Isso vai ser um desastre — digo, preocupada.

— Não, vai ser ótimo — garante Nuno. — Você vai ficar à vontade se tiver a chance de conversar com ele sozinha. E você é bem mais comunicativa quando fica confortável.

O jeito que Nuno me olha me dá a certeza de que está lembrando da nossa conversa no bar. Talvez ele tenha razão, porque realmente me senti muito bem quando estávamos só eu e ele naquela noite. Não sei quanto tempo continuamos nos encarando e lembrando disso até Analu bufar.

— Tudo bem, vamos tentar isso. Mas só se os astros estiverem favoráveis pro amor nesse dia! — minha amiga cede aos planos do irmão, pegando o notebook para conferir as previsões astrológicas.

Nuno se levanta e dá um beijo na testa de Analu, que o empurra para longe na mesma hora.

— Vou deixar vocês sozinhas, preciso voltar a estudar. — Ele aponta para mim antes de ir para o quarto. — Não ouve as baboseiras de signo que a Analu vai te dizer, tá marcado já.

Nuno fecha a porta enquanto sua irmã xinga e eu continuo sorrindo. Estou animada para uma festa, o que nunca aconteceu comigo antes. E estou feliz por saber que Nuno estaria do meu lado para me ajudar. Quando volto minha atenção para Analu, ela está me analisando com um olhar suspeito.

— O que foi? — pergunto.

Ela balança a cabeça.

— Nada, só tô pensando numas coisas.

— Que coisas?

— Você sabia que nada combina mais do que C e C?

Franzo a testa, tentando entender do que ela está falando.

— Cléo e César?

— Não — responde Analu, abrindo um sorriso enorme e voltando a deitar no sofá. — Câncer e capricórnio.

Minha amiga logo volta a navegar pelos sites de astrologia, sem explicar o que disse.

9

César está lindo esta noite.

Não que esteja tão diferente assim de outros momentos, mas ele caprichou para a festa. Está vestindo um jeans escuro que nunca o vi usar e uma camiseta vermelha que combina com suas bochechas rosadas. Ninguém na festa seria capaz de ignorá-lo.

Estou parada no quintal da Detonados e não conheço ninguém aqui, apesar de já ter visto muitos desses rostos no campus. Analu tinha dito que viria, mas há menos de cinco minutos recebi uma mensagem dela dizendo que não era uma noite boa para quem tem o sol em peixes socializar. Respeito as crenças da minha amiga, apesar da frustração que me toma por estar sozinha neste lugar. Espero que Nuno não demore muito.

— Você veio, bixete!

Foi só esquecer de César por um segundo que ele aparece do meu lado. Quase dou um pulo de susto, o que provoca aquele belo sorriso de César.

— É, eu vim — digo, tentando não soar tão afetada.

— Fico feliz. A gente nunca se vê fora do campus, né?

— Pois é...

Começo a ficar nervosa, tentando pensar em qualquer assunto para não cairmos num silêncio constrangedor, mas César também parece disposto a não deixar nossa conversa morrer.

— Eu acho que a gente precisa consertar isso — diz ele, erguendo a sobrancelha de um jeito devastador. — Será que a gente consegue ter um tempinho juntos esta noite?

Ele está propondo o que estou pensando? Pelo jeito que meu cérebro entra em estado de alerta, acho que sim.

— Não sei — respondo, nervosa. — A festa é aqui na sua república, pode ser que você fique muito ocupado.

César ri baixinho.

— Eu posso abrir um espacinho na minha agenda pra você.

— Não precisa se incomodar, não — rebato rapidamente. — Não quero te atrapalhar.

César franze a testa, ainda sorrindo, mas sem tanta confiança quanto antes. Ele está confuso, dá pra ver. Eu o deixei confuso. Como posso ser tão inútil, mesmo ele tendo feito todo o trabalho de dar em cima de mim?

— A gente se vê mais tarde, então — diz ele, desistindo e se afastando.

Não tenho nem tempo de me xingar mentalmente antes de sentir alguém me pegar pelo cotovelo e me puxar por entre as pessoas. É Nuno, me levando para dentro da casa sem dizer uma palavra ou olhar para mim. Seus dedos não estão me apertando, o toque é delicado, mas ele me leva sem muita dificuldade para sabe-se lá onde. Entramos na sala, onde algumas pessoas estão num canto rindo sem parar, e vamos direto para a única porta que tem daquele lado. Entro logo atrás de Nuno e ouço a porta se fechando, quando Nuno finalmente se vira para mim.

— O que você tava fazendo? — pergunta ele, confuso. — Se esforçando pra afastar o Sete?

Ah, ele ouviu nossa conversa. Fico mais constrangida ainda.

— Não, eu… fiquei nervosa.

— Nervosa? Ele veio falar com você, Cléo! Isso é um ótimo sinal!

— Eu sei!

Cruzo os braços, irritada comigo mesma, porque Nuno está certo! Eu acabei de perder uma oportunidade incrível e era a única culpada! Por que eu não posso ser só um pouquinho melhor na arte da conquista? Sinto meus olhos arderem, a vontade de chorar de frustração tomando conta de mim.

— Ei, calma… — Nuno nota minha reação e coloca as mãos nos meus ombros delicadamente. — Não quis te estressar, desculpa. A noite é longa, você vai ter outras chances.

— Nem é só isso. Eu sou péssima, sabe? Ninguém é tão horrível assim quando precisa fazer uma coisa dessas. Passei os últimos meses sonhando com esse cara e não consigo nem conversar com ele direito numa hora dessas? Quem faz isso? Às vezes eu fico cansada demais de viver dentro da minha cabeça com todas as minhas inseguranças.

Não sabia que ia acabar falando tudo aquilo, nem que uma lágrima ia escapar do canto do meu olho e escorrer pela minha bochecha. Sempre fui chorona, qualquer comercial um pouquinho mais emocionante me desidrata, mas nem eu estava esperando chorar neste momento.

Nuno se aproxima e toca meu rosto, acariciando minha bochecha com os dedos e secando a lágrima fujona.

— Todo mundo tem inseguranças, Cléo, e tá tudo bem — murmura. — Desculpa se fiz parecer que você não pode ter sentimentos e dúvidas pra estar com alguém.

— Minhas neuras não são sua culpa, Nuno.

— É, mas eu podia ter aliviado a sua barra. Acho que também não levei em conta o quanto você parece gostar do Sete.

Tenho afirmado gostar de César há meses, então por que me soou tão estranho ouvir Nuno dizer aquilo? Inclino um pouco a cabeça, me aconchegando mais ao seu toque, e pisco algumas vezes para afastar qualquer vestígio de lágrima antes de encará-lo.

— Acho que gosto mais da possibilidade do que pode acontecer do que dele em si — confesso pela primeira vez. — Sempre quis me apaixonar por alguém de verdade e viver uma história de amor, sabe?

Meus sonhos românticos sempre são protagonizados pela pessoa de quem gosto naquele momento. Ou será que procuro pessoas para idealizar esses sonhos? A pergunta é complexa demais para mim, teria que repassar todas as expectativas criadas ao longo dos anos, sem deixar de fora o fato de nunca ter tido nenhuma delas atendidas.

Perco a linha do raciocínio quando Nuno afasta a mão do meu rosto e sinto falta de tê-la ali.

— Eu ia tentar trazer vocês dois pra cá. — Ele abre um sorriso sem graça e olha ao redor. Eu o acompanho, analisando melhor o que parece ser um quartinho da bagunça. — Achei que podia dar um jeito de fechar a porta por fora e fazer vocês conversarem por um tempo.

— Essa era sua ótima ideia? — Solto uma risada baixinha e passo os dedos pelos olhos, secando meus cílios úmidos.

Nuno dá de ombros.

— O confinamento pode ser ótimo pras pessoas se resolverem. — Sua expressão fica mais séria, o olhar mais uma vez fixo e intenso em mim. — Mas a ideia começou a me incomodar. Do mesmo jeito que ver vocês dois conversando lá fora me incomodou.

— É? Por quê?

Ele levanta o braço de novo, e desta vez seus dedos seguram as pontinhas dos meus cachos vermelhos, brincando com as mechas enquanto nossos olhares se encontram e fogem um do outro, trazendo de volta aquele frio estranho na barriga que senti no bar.

— Precisa ser com ele? — sua voz é suave e baixa, mas tão urgente que faz meu estômago gelar ainda mais. — Essa história... você só se imagina vivendo com o Sete?

Fico sem reação assim que ouço a pergunta. Em parte por não esperar, mas também porque não sei qual resposta lhe dar.

— Quer saber de uma coisa besta?

Não quero que ele mude de assunto, mas assinto mesmo assim, tentando prolongar o momento. Nuno sorri.

— Meu nome, na verdade, é Antônio.

Ele está esperando uma reação minha, consigo perceber. Levanto as sobrancelhas, incentivando-o a continuar e ainda sem entender o que ele quer dizer.

— Cleópatra e Marco Antônio — completa o raciocínio, e as coisas começam a fazer sentido.

Uma das mãos de Nuno encontra a minha e a envolve, apertando com delicadeza. Vejo ele se aproximar ainda mais e entrelaçar os dedos nos meus, então me pergunto se estou mesmo acordada, se não é um sonho. Nossos rostos estão quase colados quando Nuno sussurra:

— Será que isso me dá alguma chance com você?

Suas palavras continuam ecoando na minha cabeça enquanto trocamos olhares em silêncio. Não tem a menor chance de eu ter entendido algo errado. Nuno disse o que disse mesmo. E eu estou reagindo àquelas palavras bem mais do que achei que seria possível. As batidas do meu coração se aceleram, prendo a respiração por alguns segundos e quase me distraio com o frio que percorre minha espinha.

Ele se inclina na minha direção, aproximando o rosto do meu, e, sem pensar em mais nada, acabo com a distância que ainda existe entre nós e colo meus lábios aos de Nuno. Antes de eu começar a achar que tinha entendido tudo errado, sinto o braço dele envolver minha cintura, me levando para mais perto e dando vida ao nosso beijo.

Nunca deixei de perceber o quanto Nuno era atraente e interessante, mas também jamais havia cogitado que algo assim pudesse acontecer entre nós. E, mesmo que houvesse imaginado qualquer coisa, não chegaria nem perto do que é a realidade. Seus lábios macios, suas mãos impacientes me apertando contra seu corpo, o cheiro do seu perfume me deixando tonta. Não quero que este momento acabe.

A porta é aberta de repente e pulo para longe de Nuno. Ainda confusa com o que acaba de acontecer, olho para a entrada do quartinho, onde um dos amigos de César está parado com cara de bravo.

— Pô, galera, aqui não, né?! — Ele abre os braços, indignado.

Nuno e eu pedimos desculpas, um mais sem graça que o outro, e passamos pelo garoto para sair do quarto. Não falo nada enquanto passo ao lado de Nuno pelos outros convidados. Meu coração ainda está acelerado e tenho medo de que qualquer pessoa aqui consiga ouvir aquelas batidas descompassadas. Como se respira normalmente mesmo?

No portão da república, já me sinto um pouco mais controlada, o que é colocado à prova quando me viro para Nuno. Ele abre a boca, prestes a me dizer algo, mas não estou pronta para ter uma conversa decente agora. Balanço a cabeça, esperando que ele entenda o que meus olhos dizem no meio da barulheira da festa, e me viro para ir embora.

Nuno me beijou.

E agora tanto meu coração quanto a minha cabeça estão uma bagunça.

10

Queria me deitar no colo da minha mãe e chorar.

Uma universitária pode dizer isso? Eu não ligo, a verdade é que queria estar com os meus pais em São Paulo. Qualquer coisa é melhor do que a semana horrível que tive. Não tive paz por nem um minuto, porque meu cérebro continua dando voltas e mais voltas desde a noite da festa. Fui para lá esperando conquistar César e saí com um beijo de Nuno que não consigo esquecer. Eu só quero me encolher no sofá da casa dos meus pais, com mamãe fazendo chá e carinho na minha cabeça.

Em vez disso, estou sentada em um dos bancos do campus, perto de árvores e o mais longe possível de humanos. Não quero ter que ser educada e interagir com outras pessoas, nem teria ido para a faculdade se não tivesse uma aula importante e se tia Zuzu não fosse me obrigar a ir de qualquer jeito.

— Bixete!

O pensamento quase mal-educado que atravessa minha mente me surpreende. Aparentemente não quero nem mesmo César perto de mim nesta manhã. Ele se aproxima sorridente e já vai se sentando ao meu lado sem nem perguntar se pode.

— A gente nem sei viu depois na festa.

— É, eu... precisei ir embora mais cedo — respondi, inventando qualquer mentira.

— Que pena. Tava ansioso pra conversar mais contigo.

Paro um segundo para observar César. Ele está com a mesma atitude confiante de sempre e a mesma aparência adorada por todos. Mas isso não provoca em mim a mesma reação desta vez. Não me sinto inadequada ou insegura de estar ali com ele. Talvez seja porque estamos a sós, como Nuno sugeriu. Só sei que resolvo me aproveitar da oportunidade, já que pode ser a única.

— César...

Hesito, sem saber o que perguntar. Sua cor favorita? O que ele gosta de fazer? O que pretende fazer da vida? Reparo que nenhuma dessas perguntas me interessa de verdade. E a única dúvida que atravessa meus pensamentos agora é sobre uma coisa que nunca me ocorreu antes.

— Você sabe o meu nome? — pergunto, olhando em seus olhos.

As bochechas rosadas se acendem na mesma hora. Na verdade, seu rosto inteiro se torna mais avermelhado. Não preciso pensar muito para entender o que aquilo quer dizer. César não precisa me responder para eu saber que para ele sou apenas a "bixete" e nada mais. De quantas outras calouras ele tentou se aproximar? Com quantas se importava? De onde eu tirei que ele era um cara perfeito que merecia minha atenção?

Não estou decepcionada, porque percebo que não quero estar aqui. Não me importo com César. Não sei se algum dia já me importei de verdade. A ideia de nós dois era muito mais interessante do que a realidade, até porque tudo sempre era bem mais perfeito e romântico na minha imaginação.

Mas existe algo muito real que não posso mais ignorar.

Eu me levanto do banco, sorrindo para César. Sem ressentimentos e com sinceridade.

— Tchau, Sete — digo, indo para a aula.

* * *

Bato na porta com força, não sei se por estar me sentindo decidida ou se por medo de não ser ouvida de primeira.

Sei que Analu não está em casa porque ela vem me mandando mensagens a cada minuto, reclamando da optativa chata que decidiu pegar neste semestre.

A porta se abre mais rápido do que eu esperava e fico um pouco sem ar ao ver Nuno parado na minha frente. Ele continua o mesmo. Não que eu achasse que ele fosse capaz de mudar muito em alguns dias, mas meu coração se derrete ao perceber o quanto olhar para ele me faz bem. Ao lembrar de como o calor do corpo dele perto do meu me deixou mais feliz naquela noite.

— Cléo? — diz ele, surpreso. — A Analu não tá.

— Eu sei. Vim ver você.

Dou um passo para a frente, tentando parecer confiante quando ele abre caminho para mim. Não quero esperar por um convite que talvez nunca venha.

Paro no meio da sala e olho ao redor, como se nunca tivesse visto as paredes amareladas e os quadros bregas que a mãe deles os obrigou a pendurar. Conheço tudo neste lugar, mas ele parece pronto para sediar um monte de novas memórias.

— Aconteceu alguma coisa?

Me viro para Nuno e vejo preocupação em seu rosto. Ele realmente não esperava que eu aparecesse ali. Será que demorei demais? Respiro fundo e entrelaço meus dedos uns nos outros.

— Nuno, eu ouvi sua irmã.

Mesmo ainda sem entender, ele estreita os olhos e cruza os braços.

— Isso nunca é bom.

Sorrio, mesmo contra minha vontade.

— O efeito zodíaco. Acho que ela estava certa.

Nuno fecha os olhos e balança a cabeça.

— Cléo, eu já falei...

— Nuno, me ouve — interrompo-o, dando alguns passos até parar na frente dele.

— Isso quer dizer que você acha que a astrologia pode juntar você e o César?

— Não. Sua irmã me falou algo curioso um dia desses. Ela disse que câncer e capricórnio combinam. Procurei na internet e descobri que chamam esses signos de opostos complementares.

Nuno ainda está com a testa franzida quando termino de falar, mas logo vejo a compreensão se espalhar por seu rosto. Seus olhos estão brilhando quando ele dá o palpite:

— E você é de câncer.

Estico o braço para tocar o rosto de Nuno, exatamente como ele fez comigo na festa. Acaricio a bochecha coberta pela barba curtinha, por fazer. Um sorriso surge nos lábios de Nuno e eu o acompanho, dizendo:

— E você é de capricórnio.

Nuno segura a minha mão em seu rosto, levando-a até os lábios e beijando minha palma. Sinto uma cosquinha, mas quase peço para que ele repita o gesto. De novo, de novo e de novo. Estou tão contente que poderia chorar. Não que isso seja muito difícil.

— Talvez eu comece a ler previsões astrológicas, afinal de contas — declara ele.

Nuno não diz mais nada, cobrindo meu sorriso com sua boca e me envolvendo em mais um beijo avassalador. Nada do que eu sonhei seria como isso, porque o real ganha do ideal de lavada. Não sei o que vai acontecer comigo e com Nuno, mas sei que não existe nada melhor do que começar a gostar de alguém que também gosta de você.

Impressão e Acabamento:
BARTIRA GRÁFICA